오늘도
우린 빵을
먹는다

함께 들으면 좋은 OST

< 원모어찬스(One more Chance) - 럭셔리 버스 >

1장 크루아상

2장 식빵

3장 스콘

엔딩크레딧

먹으면 먹을수록 빠져, '알면 알수록 좋아지는' 희바리 똑 닮은 빵.

겉은 바삭, 속은 촉촉한 반전 매력이 있는,
입안 가득 넣어 먹을 때 버터 향이 쫙 퍼지면서 덩달아 기분까지 좋아지는,
먹으면 먹을수록 빠져, **'알면 알수록 좋아지는'** 희바리 똑 닮은 빵.

1장

크루아상

이상형

'내 세포들을 막 바쁘게 움직이게 하는 사람'

20대 중반까지 누군가 이상형을 물으면 답했던 문장이다. 마치 버튼 하나만 누르면 탁 튀어나오는 뽑기 기계처럼. 어떤 사람이 자꾸만 생각나 괜히 그 사람을 위해 기쁘게 해주고 싶은 마음을 표현하고 싶었다. 감동을 주고 싶을 때 막 신나고 나도 모르게 바빠지면서 내 안의 세포들이 바짝 긴장하게 되는 느낌이랄까.

내 세포들을 막 바쁘게 움직이게 하는 사람이라니…… 지금 생각하면 참 오그라드는 말이지만 당시에는 주변에 당당하게 말하고 다녔다. 그저 외모에 집중된 이상형보다는 훨씬 낫다고 생각했다. 나름대로 생각 있어 보이기 위한 아주 요상하고 느끼한 발언이었다. 한창 어렸을 때니까 그럴 만도 하다. 그때는 상대방이 나를 어떻게 볼지가 꽤 중요했으니까. 괜히 많은 사람들한테 멋있게 보이고 싶고 생각이 깊은 사람으로 보이고 싶었다. 나름 귀여운 행동이었다고 스스로를 포장하고만 싶다. 그렇게 쌓여 가는 시간 속에 이리저리 흔들렸던 이상형은 비로소 정착했다.

'문화적인 대화가 통하는 사람'

지금의 이상형이자 앞으로도 평생 바뀌지 않을 문장이다. 우연한 기회로 배우 활동을 시작하면서 다양한 사람들을 만났다. 많은 사람들을 만나면서 느낀 건 외모, 학벌, 집안, 재력 등 흔히 중요하다고 여긴 부분이 생각보다 중요하진 않다는 점이었다. 상대방과 얼마나 대화가 잘 통하는지가 훨씬 중요하다는 걸 깨달았다. 그 생각은 자연스럽게 이상형으로 이어졌다.

지금의 와이프를 처음 만났을 땐 사업만 하는 사람인 줄 알았다. 연애하면서 이런저런 대화를 나누다가 우연히 그녀가 클래식 피아노를 전공했다는 사실을 알게 됐다. 나도 유일하게 실게 배운 악기가 피아노라 그 얘기를 듣는 순간 무척이나 반가웠다. 우리의 공통점을 찾은 느낌이었다. 그 후로 그녀에게 내 얘기를 좀 더 편하게 할 수 있었다.

우리는 평소에 대화를 많이 하는 편이었다. 촬영 현장에서 있

었던 일, 동료들과 있었던 이런저런 얘기 등 서로 많은 대화가
오가면서 우리 사이는 훨씬 돈독해지고 단단해졌다.

　한번은 드라마 촬영을 하고 있었는데 와이프가 놀러 온 적이
있었다. 날씨가 제법 추웠고 배우들이 많이 나오는 장면이라 시
간이 꽤 걸리는 촬영이었다. 나에게는 익숙한 환경이지만 그녀
로서는 많이 힘들어 보였나보다. 촬영장을 다녀온 이후로 내가
하는 일에 더 존중하고 내가 하는 얘기들에 더 귀 기울여줬다.

　이렇게 서로가 이해해주면서 대화가 통한다는 건 마치 상대
방과 연결하는 다리를 더 튼튼하게 만드는 것처럼 사람과 사람
사이에 정말 중요한 부분이라 생각한다. 지금도 우리는 많은 대
화를 통해 서로를 알아가면서 절대 끊어지지 않는 다리를 짓고
있는 중이다.

　한 번쯤은 상대방의 말에 진심으로 귀 기울여 보는 건 어떨까.

　지금보다 재밌고 행복한 일들이 가득해지는 걸
　몸소 체험할 수 있으리라.

친구의
조언

고등학교를 졸업하고 본의 아니게 재수를 했다. 공부를 더 하고 싶다거나 희망하는 대학교가 있어서 한 건 아니었다. 그때는 내가 무엇을 해야 할지 몰라 차선책으로 재수를 택했을 뿐이다. 그래서일까. 단순히 의무감으로 재수 학원에 다닌 탓에 점점 공부보다는 다른 것들에 더 관심이 갔다.

당시에는 실질적으로 돈을 버는 것에 재미를 느꼈다. 20대 초반에는 정말 직종을 가리지 않고 수많은 아르바이트를 했다. 피자집부터 레스토랑, 호프집, 카페, 전단지 배포, 소주 런칭행사, 대형마트 물류창고, 방충망 설치, 발레파킹, 대리운전, 심지어는 다단계까지. 돈이 벌리면서 재미를 느꼈다. 그리고 이것저것 경험하고 배울 수 있어서 좋았다.

하지만 문득 '이 일을 내 평생의 직업으로 가지고 갈 수 있을까?'라는 의문이 들자 점점 아르바이트의 한계를 느끼기 시작했다. 지금 생각하면 당연하지만 당시에는 좀 심각하게 고민했던 걸로 기억한다. 그러면서 조금씩 반복되는 일상들에 무료함을 느꼈다. 잠긴 수도꼭지에서 조금씩 떨어지는 물방울이 어느새 물웅덩이가 된 것 마냥.

무료함은 곧 깊은 무기력감으로 변했다.

상황의 심각성을 깨닫는 순간, 미래를 조금씩 그려보기 시작했다. 생각하고 그린다고 미래가 '짠!' 하고 그려진다면 얼마나 쉽겠는가. 머릿속은 고민만 늘어갈 뿐 백지상태에 불과했다. 계속 제자리걸음만 하고 있었다. 어느 날, 친한 친구와 호프집에서 만나 가볍게 맥주 한잔하면서 이런저런 얘기를 나누다 자연스럽게 내 고민을 털어놓았다.

친구는 진지하고 심각하게 내 얘기를 들어줬다. 그런 진구에게 개그맨 공채시험을 봐볼까 생각 중이라고 했다. 어렸을 때부터 사람들 앞에 서는 걸 좋아하고 내가 하는 행동이나 말들로 인해 많은 사람들이 웃으면 기분이 좋다는 이유로 말이다. 얘기를 들은 친구는 갑자기 맥주를 벌컥벌컥 들이켜더니 한마디 건넸다.

XLARGE

"네가 유쾌하고 재밌는 친구인 건 인정하지만 그게 직업이 되는 순간 상상 이상으로 힘들어질 거야. 나는 내 친구가 그런 고생하는 걸 보고 싶지 않아. 당장 안 바쁘고 심심하면 내가 일하는 현장에 놀러 와."

망치로 세게 한 대 맞은 느낌이었다. 희극인이 사람들에게 웃음을 주기 위해 얼마나 큰 노력을 하는지 전혀 생각하지 못 했다. 그 직업을 마냥 쉽게 대했던 나 자신이 초라해지는 순간이었다. 나는 바로 다음 날부터 친구의 일터로 놀러 가기 시작했다.

새벽에 일어나서 같이 움직이고 일 끝나면 친구네 집으로 와서 자고 다음 날 또 새벽에 나가기를 반복했다. 가서 나는 아무것도 안 하고 구경만 했다. 그래도 재밌었다. 내가 모르는 다른 세상이 있었고 하나하나가 다 신기했다. 하루가 짧게만 느껴졌다.

그곳은 영화 현장이었고 친구는 그 영화에서 주인공이었다. 그때는 그런 현장이 좋았다. 매일매일 이곳에 있고 싶다는 생각이 들었다. 당시에는 내가 카메라 앞에 서 있을 거라는 생각은 감히 꿈도 못 꿨다.

스스로 배우가 될 거라 전혀 생각하지 못했던 내가 친구가 일하는 현장에서 보고 배운 것들이 거름이 되어 지금은 카메라 앞에서 연기하는 배우가 됐다. 외향적인 성격을 가지고 있는 사람일수록 자기 고민을 남에게 털어놓지 못하고 혼자 속으로 끙끙 앓는 사람들이 많다. 나 역시도 그런 성격이다. 하지만 한 번쯤은 진짜 가까운 사람한테 고민을 진지하게 털어놓는 것 또한 내 인생을 업그레이드할 수 있는 하나의 방법이 될 수 있다.

친구의 진심이 담긴 말 한마디 덕분에 배우가 됐고 이렇게 행복하게 살고 있다.

고맙다, 인성아.

새로운
목표

　살면서 무언가 하고 싶은 게 있다는 건 행복한 일이다. 어렸을 때부터 나는 호기심이 많아서 하고 싶은 것들이 끊이질 않았다. 일단 호기심이 생기면 재지 않고 이것저것 다 해보는 편이었다. 그래서 웬만한 건 조금씩 다 해봤고 덕분에 친구들과 어울리기가 수월했다. 운동을 좋아해서 학교 체육 시간에 운동장에서 할 수 있는 농구, 축구, 야구, 발야구뿐만 아니라 당구, 볼링, 탁구같이 실내에서 할 수 있는 종목 역시 좋아했다.

　초등학생 때 살던 집 앞에 당구장이 있었는데 넘치는 호기심에 못 이겨 친구와 함께 갔던 적이 있다. 골목에 있던 당구장이라 손님이 많지는 않았다. 당구 큐대도 잡아본 적이 없던 우리는 어떻게 해야 하나 당구대 앞에 서성거리고만 있었다. 그런데 작은 키에 수염난 어떤 아저씨가 배우고 싶으냐고 먼저 말 걸어주는 게 아닌가. 우리는 이때다 싶어 냉큼 배우고 싶다고 대답했다. 알고 보니 그분이 바로 당구장 사장님이었다.

그날부터 친구랑 둘이 30분에 기본요금 2000원을 내고 사장님께 직접 당구를 배우기 시작했다. 당구를 배운 사람이라면 자려고 눈을 감았는데 천장에서 당구공이 굴러다니는 경험을 한번쯤 해봤을 것이다. 나도 마찬가지였다. 지금에야 당구가 정식 스포츠가 돼서 대회도 열리고 프로 선수도 생겼지만 내가 어렸을 때만 해도 당구장 하면 벽 곳곳에 야한 사진의 달력이 걸려있는 어른들 전용 놀이터 같은 장소였다. 운 좋게도 나는 좋은 분을 만나서 당구라는 운동을 쉽게 접하고 건전하게 배울 수 있었다.

내가 하고 싶은 건 운동뿐만이 아니었다. 중학생이 되자 글씨를 예쁘게 쓰고 싶다는 생각이 들었다. 바로 문구점에서 여러 가지 색의 펜을 사서 공책에 글씨 연습을 했다. 그 결과, 지금은 내 외모와 어울리지 않는 아주 동글동글한 귀여운 글씨체를 갖게 되었다.

호기심도 많았지만 승부욕도 만만치 않았다. 같은 반 여학생들과 공기놀이로 간식 내기 혹은 대신 필기해 주기와 같은 소소한 내기를 자주 했다. 당시에 했던 공기놀이 룰을 간단하게 설명하면 돌멩이처럼 생긴 공기 다섯 알을 가지고 오로지 손으로만 1단계부터 5단계까지 정해진 순서로 하는 게임이다. 한 번도 실수하지 않고 1단계부터 5단계까지 계속 이어서 해야 이길 수 있다. 주로 '무조건 꺾기는 5년만 하기' 룰을 정해서 30년 내기를 했다. 나는 여학생들을 상대로 거의 지지 않을 정도로 승부욕이 대단했다.

고등학생이 되고 유독 패션에 관심이 많이 생겼다. 그래서 용돈을 모아 여기저기 다니며 옷 사 입는 걸 좋아했다. 유행했던 청바지 브랜드 할인매장이 생겼다는 소식을 듣고 바로 달려가 줄을 서서 사 입을 정도로 꽤 열정적이었다.

누군가 내게 스무 살이었을 때 가장 기억에 남는 걸 말하라고 하면 당연 '젓가락질'을 말할 것이다. 구체적으로 말하면 '엑스자 젓가락질'에서 '올바른 젓가락질'로 바꾼 일이다. 학창 시절에는 한 번도 이상하다고 느끼지 않았던 젓가락질이 스무 살이 되자 갑자기 이상하고 창피하게만 느껴졌다.

평소에 내 젓가락질은 엑스자였다. 살면서 불편하다고 생각해본 적이 없었는데 갑삭스레 불편하게 느껴진 것이다. 그날 이후, 숟가락을 쓰지 않고 올바른 젓가락질로만 음식을 먹기 시작했다. 그러사 더 이상 엑스자로 젓가락질을 하지 않았다.

처음에 고치려고 할 때는 어색하고 불편했다. 일주일이 지나고 한 달이 지나니 어느 정도는 익숙해졌고 두 달 후에는 편하게 원하는 젓가락질을 할 수 있었다. 그때는 그냥 아무 생각 없이 잘 고쳤다고만 여겼다. 되돌아보니 스무 살, 그 두 달은 지금 나에게 잊을 수 없는 매우 소중한 시간이 됐다.

나이를 한 살 두 살 먹으면서 예전만큼의 호기심과 승부욕이 생기진 않지만 요즘 들어 시들했던 나의 승부욕을 발동시키는 한 가지가 생겼다. 바로 영어! 와이프, 둘째 처형과 여행을 많이 다니는데 다녀오면 항상 영어 공부를 해야겠다는 생각이 들었다. 보통 그 생각은 겨우 작심삼일이었는데 얼마 전 미국으로 출장 겸 여행을 다녀오고 나서 절실히 느꼈다.

'영어 공부는 더 늦기 전에 해야겠다'라는 결심은 곧 영어를 할 줄 알면 훨씬 더 재밌고 행복한 삶을 살 수 있을 것 같다는 생각으로 이어졌다. 와이프와 처형에게 말하자 지금 내 옆엔 영어책이 다섯 권이나 쌓여있는 현실이 됐다. 실수다. 그러지 말걸……. 뭐 이왕 이렇게 된 거 예전 내 안에 있던 승부욕과 열정을 한번 꺼내 봐야겠다.

할 수 있다. I can do it.

패션

요즘 들어 주변에서 옷 잘 입는다는 칭찬을 많이 듣는다. 그런 칭찬을 들을 때면 항상 감사하다. 단순히 옷을 잘 입는다기보다는 그냥 내 몸에 알맞게 입을 줄 아는 정도지만. 사실 어렸을 때부터 패션에 관심이 많았다. 초등학생일 때는 체육 시간에 반 친구들이 흰 체육복을 기본으로 많이 입었다. 친구들과 달리 나는 어머니가 사주신 컬러풀한 운동복을 입었던 기억이 있다. 아마도 어머니 덕분에 조금씩 패션에 관심이 생겼을지도 모르겠다.

본격적으로 용돈을 모아서 옷을 사고 가방, 신발 등을 사기 시작한 때는 중학교에 올라가고 나서부터다. 교복을 입기 시작하면서 멋을 부릴 수 있는 아이템은 가방과 신발 그리고 양말 정도로 한정적이었다. 교복이 '베이직'하니까 가방만큼은 조금 튀었으면 좋겠다는 생각에 파란색으로 가지고 다녔다. 신발도 여러 가지 스타일로 자주 바꿔가며 신었다.

중학생 시절까지는 남녀공학을 다녔다. 그래서 소풍이나 수학

여행을 가는 날이면 가기 전날부터 뭘 입으면 여학생들한테 잘 보일 수 있을지가 최대 관심사였다. 소풍날이 정해지면 그 전날은 무조건 옷을 사러 가는 날이었다. 당시에는 송파구 문정동이 엄청난 쇼핑거리였다. 유명한 브랜드의 상설 할인매장들이 즐비했고 문정동을 가기 위해서는 한 달 이상의 용돈을 모아서 가야 어느 정도 쇼핑할 수 있었다.

지금 생각해보면 난 어렸을 때부터 쇼핑하는 게 좋았던 것 같다. 지금도 매장에 직접 들러 옷과 신발을 보고, 입어보고, 신어보는 게 참 좋다. 와이프와 쇼핑할 때 나의 이러한 점이 매우 긍정적인 요소로 작용한다. 함께 옷을 구경하고, 입어보고, 신어보는 과정이 행복하다.

고등학교에 올라가면서 패션에 본격적으로 관심을 갖게 됐다. 남성 패션 잡지를 보면서 스타일을 따라 해보기도 하고 이런저런 옷도 입어보고 새 옷도 입어보고 헌 옷도 입어봤다. 딱 달라붙는 스타일의 옷을 입어보기도 하고, 헐렁한 스타일의 옷을 입어보기도 했다. 심지어 교복마저 내 마음대로 입었던 적이 있다.

할머니 댁에 때마침 재봉틀이 있었다. 재봉틀로 직접 교복 바지 통을 줄여 입고 다니다가 학생주임 선생님께 걸려 크게 혼난 적도 있다. '겨우 교복을 줄여 입은 걸로 혼을 낸 거야?'라고 생각할 수도 있다. 문제는 교복 바지를 '잘' 줄여서 입은 게 아니라 발목부터 주머니까지 '막' 박아버린 것이다. 어쩔 수 없이 주머니도 없이 입고 다녀야 했고 벗을 때는 뒤집어야 벗겨질 정도로 통이 좁았다. 그 교복 바지를 입고 다닐 때 별명이 에어로빅이었으니까 대충 어느 정도인지 설명이 됐으리라.

지금 생각해보면 엄청 촌스럽고 창피한데 그때는 그게 왜 그토록 멋져 보였는지 모르겠다. 스스로 시대를 앞서간다는 생각을 한 것 같다. 스무 살이 되자 과감한 스타일링을 시도했다. 귀도 뚫어보고 머리 염색도 해보고. 성인이 됐으니 좀 더 튀고 싶었던 걸까. 구두도 일반적인 것보다는 패턴이 있는 구두를 신고 나팔바지도 입어보고 여러 가지의 옷들을 겹쳐 입어보면서 자기만족을 했다.

그러다가 우연한 기회에 연예계에 데뷔하고 살을 찌우게 되면서 입고 싶은 옷보다는 내 몸에 어울리는 옷을 찾았다. 그러면서 스타일이 조금씩 바뀌었다. 살이 찌니 관심을 갖게 된 분야는 다름 아닌 신발이다. 옷 사이즈가 변해 맞는 옷이 없었는데 신발 사이즈는 변하지 않았다. 그때부터 신발에 더 관심을 갖고 스타일링을 신발에 맞췄다.

　참 신기한 건 내가 신을 신발이 정해지면 입을 옷을 정하기가 훨씬 더 편해진다는 점이다. 남자 패션은 단순해서 색깔만 잘 맞춰 입어도 세련돼 보일 수 있다. 신발을 먼저 정하면 갖춰 입을 옷들은 금방 정해진다. 물론 신발은 많을수록 좋다. 신발이 많으면 날마다 바꿔가면서 신어서 모두 새 신발 같기 때문이다. 관리만 잘하면 10년은 충분히 신을 수 있다. 지금도 자기 전에 다음 날 신을 신발을 정해놓고 잠이 든다.

　패션은 과감하면 된다.
　시도도 과감하게, 포기 또한 과감하게.

앞으로도
잘 부탁해!

운동할 때 중요하게 생각하는 두 가지가 있다. 하나는 자세, 다른 하나는 바로 장비다. 분명 주위에도 나 같은 사람이 있을 것이다. 운동하는 사람들을 보면 차림새나 장비보다는 운동 그 자체를 즐기는 사람들이 있다. 반대로 어떤 운동을 시작하기 전에 옷이나 장비 등 그 운동에 필요한 것을 미리 준비해서 시작하는 사람들도 있다.

나는 후자에 속한다. 예를 들어 농구를 하려면 농구 골대와 농구공 정도만 있으면 가능하지만 더 나아가 농구 골대, 농구공 이외에도 농구화, 이너웨어, 무릎보호대를 구비해 시작한다. 특히 농구화는 발목이 높게 올라온 제품을 선호하는 편이다. 심지어 운동복은 농구화 컬러에 맞춰 신는 걸 좋아해 농구화도 많다. 브랜드별로 어떤 농구화는 이런 점이 좋고 또 다른 농구화는 저런 점이 좋다는 정보를 들으면 직접 매장에 들러 신어본다. 그러다 나랑 잘 맞으면 우리 농구팀 유니폼이랑 잘 어울리는 색으로 선택해서 구매하기도 하고, 조금 기다렸다가 세일 시 즌에 맞춰 방문해서 구매하기도 한다.

이쯤 되면 '장비병'에 걸렸다고 해도 과언은 아니다.
맞다. 나는 '장비병자'다.

짧은 변명을 하자면 운동을 하는 것도 좋아하지만 운동 전에 준비하는 과정 역시 좋아한다. 예쁜 농구복에 예쁜 농구화를 신으면 저절로 기분이 좋아진다. 마치 꼬까옷을 입은 느낌이랄까. 기분이 좋아지면 컨디션도 덩달아 좋아진다. 물론 나만의 생각일 수도 있지만 그래도 그 고집은 버릴 수가 없다.

하필 어느 날, 장비병자인 나에게 '골프'가 마음에 살포시 안겼다. 가벼운 마음에 시작했지만 체질적인 장비병 덕분에 현재는 험난하면서도 즐거운 여정을 보내고 있다. 농구는 장비라고 해봤자 기껏해야 농구화나 운동복 정도다. 하지만 골프는 아니었다. 일단 가장 기본인 골프채가 필수인데 그게 한 개만 필요한 게 아니다. 적어도 몇 개는 가지고 있어야 플레이할 수 있다. 공을 제일 멀리 쳐서 보내는 드라이버부터, 공을 짧게 쳐서 굴

러가게 하는 퍼터까지. 정말 여러 종류의 골프채가 필요했다. 또 골프복에 골프화에 모자까지…… 심지어 골프복은 계절별로 달라 여러 벌의 옷이 필요했다. 부수적으로 여러 가지 액세서리는 어찌나 많은지. 거기다가 골프채에 의해 이리저리 움직일 골프공까지 장만해야 모든 장비를 갖출 수 있다.

정말 내가 아는 세상과 전혀 다른 세상이었다. 열 일 제쳐두고 공부를 시작했다. 알아갈수록 이 분야가 워낙 넓어 끝이 없다는 걸 알게 됐다. 내가 듣지도 보지도 못했던 브랜드들이 이 세계에서는 유명했다. 또한 옷과 골프용품을 같이 만드는 회사도 있지만 옷만 만들거나 골프용품만 만드는 회사도 있었다.

더 놀라웠던 점은 골프용품을 만드는 회사가 다른 만큼 그 용품들 역시 특성이 각기 다르다는 것이다. 그 많은 골프채 중에서 나에게 딱 맞는 골프채를 어떻게 찾아야 하지. 머리가 아플 정도였다. 한편으론 재밌었다. 보통 어느 정도 타협하고 포기할 수도 있었지만 이상하리만큼 욕심이 생겼다. 그래서 더 열심히 공부했다. 이제 와서 하는 말이지만 이 열정으로 학창 시절 때 공부를 했더라면 어땠을까.

알아가는 과정에서 어느 정도 요령이 생겼고 좋아하는 브랜드도 점차 추려졌다. 그래도 이 제품들을 다 써보는 건 불가능했다. 어떻게 할까 고민하던 찰나, 친구가 골프 시장이 워낙 크다 보니 중고 매매도 활성화돼있고 중고 매매 사이트도 쉽게 접할 수 있다는 걸 알려줬다.

들기만 해도 설레는 정보였다. 신상품부터 예전 제품까지 골프에 관한 모든 제품들이 사이트에서 활발한 거래가 이루어지고 있었다. 그야말로 골프 천국이었다. 골프 시장이 이 정도였을 줄이야. 다시 한번 감탄했다. 그때부터 나의 고질적인 장비병은 날개를 펼쳐 열심히 날갯짓을 시작했다.

보통 개인 거래를 할 때는 택배 거래가 가능했다. 문제는 직거래를 원하는 판매자와 거래할 때다. 택배 거래는 와이프 이름으로 해도 되니 크게 문제 될 건 없었지만 직거래를 할 때는 상황이 다르다. 거래자와 직접 만나야 했기 때문에 아무래도 어려움이 있다. 보통은 택배 거래가 되는지 물어보고 안 된다고 하면 다른 장비를 찾아보곤 했다.

한번은 필요했던 장비가 정말 싼 가격에 올라왔고 판매자가 직거래만 가능하다는 조건을 내걸었다. 웬만하면 넘겼겠지만 장소가 마침 집 근처였고 이 조건에 같은 제품을 구하긴 어려울 것 같았다. 절대 놓쳐서는 안 될 조건이었다. 한참을 고민하다가 좋은 생각이 번뜩 내 머리를 스쳤다. 직거래 당일, 거래자와의 거래시간을 저녁쯤으로 정했다.

거래 장소 근처에 자주 가는 추어탕집이 있다. 마침 그날, 처형이 광주에서 서울로 오고 있었다. 게다가 처형이 내리는 지하철역은 추어탕집이 그리 멀지 않았다. 나는 와이프에게 지하철역으로 처형을 데리러 가서 같이 추어탕을 먹는 게 어떠냐고 넌지시 물었다. 그리고 와이프 기분이 좋아 보이는 틈을 타 슬쩍 직거래 얘기를 꺼냈다. 실은 직거래를 이 근처에서 하기로 했는데 대신해줄 수 있느냐고.

와이프는 어이없는 표정을 지었지만 그런 내 모습이 웃겼는지 흔쾌히 허락해줬다. 그렇게 우리 부부는 처형을 만나 추어탕을 맛있게 먹고 근처 직거래 장소로 향했다. 만나기로 한 장소에 가서 나 대신 와이프가 물건을 받아 와줬다. 그 모습이 얼마나 귀엽고 든든하던지…… 내 어깨가 절로 으쓱했다.

첫 직거래가 무사히 끝난 후 물건을 받아오는 와이프와 차 안에서 기다리는 나, 그 광경을 보고 있는 처형이라니. 그 그림이 재밌었는지 집에 돌아오는 차 안의 분위기는 행복했다. 물론 나 혼자만의 생각일 수도…… 나의 고질적인 장비병을 이해해주는 희경이가 정말 고맙고 사랑스럽다.

“앞으로는 좀 자제할게.

그래도 또 직거래할 일이 생긴다면…… 잘 부탁해.”

사랑하는 사이라면

서로 좋아하는 것을 인정해주고 이해해주면

좀 더 재밌는 우리가 될 수 있다.

어머니와
반려견 몽스

나의 어머니. 효자는 아니지만 나는 대화를 많이 나누고 살 갑게 대하는 큰아들이다. 어렸을 때부터 유독 어머니와 잘 지내왔다. 어머니 덕분에 사춘기가 있었나 할 정도로 별다른 문제 없이 학창 시절을 보낼 수 있었고 고등학교를 졸업할 때는 마음 편히 대학 진학 대신에 사회생활을 할 수 있었다. 배우가 된 후에도 마찬가지로 오로지 연기 활동에 집중할 수 있었다.

어머니는 학교 다닐 때부터 단 한 번도 "공부 좀 해라!"라는 잔소리를 하신 적이 없었다. 그저 내가 어떤 일을 하더라도 믿어주셨다. 그리고 항상 내가 하는 일에 대해 벅찰 정도로 큰 존중과 응원을 주실 뿐이었다.

사실 아버지 사업이 잘못되면서 집안 형편이 어려워졌다. 이런 이유로 금전적으로 많은 지원을 받지 못했다. 그래도 항상 내 마음 한구석에는 든든함과 여유로움이 자리 잡고 있었다. 이 모든 게 어머니의 사랑 덕분이다.

사업이 잘 안 되면서 형편이 어려워지자 아버지께서 술을 드시고 들어오는 날이 부쩍 많아졌다. 그러면서 두 분의 다툼도 잦을 수밖에 없었다. 그런 일들이 쌓이고 쌓이다가 결국 어머니께서 큰 결정을 하셨다. 우리는 어머니의 선택을 존중했고 동생과 나는 어머니랑 살기를 원했다. 그때부터였다. 아버지 없이 어머니, 남동생, 나 이렇게 세 식구가 살게 된 계기가.

당시에 동생과 나는 충분히 방황할 수 있는 나이였지만 어머니를 생각하면 차마 그럴 수 없었다. 어머니 혼자서 다 큰 아들 둘을 키운다는 게 보통 일이 아니었을 것이다. 그럼에도 불구하고 어머니는 항상 웃는 얼굴로 우리의 말에 귀 기울여 주시고 때로는 강하게 때로는 부드럽게 우리를 대해주셨다. 이러한 어머니의 성품 덕분에 지금의 나도 긍정적인 성향을 가진 사람이 되지 않았나 하는 생각이 든다.

연애를 시작하고 어머니께 여자친구가 생겼다고 말씀드렸다. 그러자 어머니는 우리를 진심으로 축하해주셨다. 얼마 지나지 않아 희경이와 함께 인사드렸고 어머니께서는 희경이를 보자마자 역시나 좋아하셨다. 어머니는 그때부터 지금까지 희경이를 무척이나 예뻐해 주신다.

　시간이 흘러 결혼 애기가 나올 때는 두 팔 벌려 환영해주셨다. 이 모든 게 행복하고 좋았다. 정말 결혼하고 나서 다 표현할 수 없을 정도로 많은 것들이 좋았다. 다만, 마음이 쓰이는 한 가지만 빼고.

　어머니랑 한집에 살던 두 아들 중 큰아들은 결혼 후 분가하기로 했고 작은아들은 일 때문에 지방에서 지내야 했다. 그러다 보니 당장 어머니 혼자 남아야 했다. 어머니는 오히려 혼자만의 시간도 가질 수 있고 아들 끼니 챙겨주지 않아도 된다고 좋아하셨다. 그래도 걱정이 쉽게 사그라지지 않았지만 조금이나마 덜 수 있었던 건 우리 집 막내 '몽스' 덕분이다.

　어느 날, 친한 선배가 혹시 강아지 키워볼 생각 있냐고 물어보면서 사진을 한 장 보냈다. 블랙 푸들에 겨우 생후 2개월밖에 되지 않은 새끼강아지었나. 사진을 본 순간, '이 강아지는 무조건 내가 키워야겠다'라는 생각이 들었다. 그렇게 우연히 몽스와의 인연이 시작됐다. 처음에 이 소식을 들은 어머니께서는 정들면 힘들다는 이유로 반대하셨다. 그래도 무작정 집으로 데리고 갔다. 그렇게 반대하시던 어머니도 강아지를 보자마자 사르르 녹으셨다.

'아장아장' 낑낑거리며 돌아다니는 강아지를 보면 귀엽다는 말이 절로 나왔다. 어떤 이름을 지어줄까 고민하다가 예전에 한 개그 프로그램의 '시꺼먼스'라는 콩트가 생각났다. 거기서 좀 더 동글동글한 이름으로 풀네임 '시꼬몽스', 줄여서 몽스라는 이름을 지어줬다. 몽스는 한 달 두 달 지나면서 건강하게 쑥쑥 컸다. 집 근처가 아차산이라 강아지에게는 최고의 환경이었다. 아침저녁으로 어머니와 같이 산책하면서 봄이면 꽃구경, 겨울이면 눈 구경이라는 혜택을 맘껏 누릴 수 있었다.

결혼 후 신혼집에 데려오려고 했지만 나보단 어머니와 지내는 게 몽스에게 더 좋을 것 같았다. 몽스를 처음에 반대하셨던 어머니께서 지금은 나보다 더 좋아하신다. 푸들치고 덩치가 좀 있는 몽스는 그 덩치로 엄청난 애교를 부린다. 처음에 데리고 왔을 땐 지금처럼 이렇게 클 거라 전혀 예상하지 못했다. 어머니는 오히려 커서 더 귀엽다며 좋아하신다. 지금까지 어떤 강아지를 보고 그런 적이 없었는데 몽스 사진을 보자마자 키워야겠다는 생각이 든 건 아마도 운명이지 않았을까. 이렇게 나를 대신해서 어머니께 기쁨을 주고 있으니 몽스 덕분에 마음이 한결 가벼워졌다. 조만간 맛있는 간식 사 들고 어머니랑 몽스 만나러 가야지.

자식들한테 모자라게 해준 것 같아 항상 미안해하는 게 부모
님 마음인 것 같다. 덕분에 이렇게 잘 자랐어요. 항상 감사한 마
음으로 살고 있으니까 그만 미안해하셔도 돼요.

어머니, 존경하고 사랑합니다.

아참, 부모님은 이혼하고 나서 전보다 더 사이가 좋아지셨다.
서로 가끔 안부도 물으시면서 친구처럼 지내시는 모습이 참 보
기 좋다. 동생과 나 역시 전보다 더 아버지와 잘 지내고 있다.

고등어
가시

희경이와 연애를 시작하고 거의 매일 만났다. 영화도 보고 공연도 보고 커피도 마시고 밥도 먹으며 여느 커플과 다를 바 없이 평범한 연애를 하고 있었다. 만나러 가기 전에 어떤 신발을 신을지, 어떤 옷을 입을지 고민하는 소소한 준비 과정마저도 설렜다.

다른 날과 다름없이 희경이와 점심 약속을 하고 데리러 갔다. 연애 초반에는 이상하게 한식보다는 양식이나 빵 종류를 많이 먹었는데 그날따라 희경이가 한식을 먹고 싶어 했다. 여기저기 찾아보다가 근처에 유명한 한식당으로 밥을 먹으러 갔다.

우리가 간 날도 식당에는 점심시간과 겹쳐 회사원과 어르신들로 인산인해를 이뤘다. 그래도 운 좋게 두 사람 자리가 남아 기다림 없이 바로 앉을 수 있었다. 처음 가보는 식당이라 뭐가 맛있는지 몰랐지만 주위를 둘러보니 주로 보리굴비를 먹고 있었다. 나는 많이 먹고 있다는 건 그 음식을 시키면 적어도 실패

할 일은 없다는 뜻으로 받아들이는 사람 중 한 명이었다. 우리는 일단 보리굴비를 시키기로 했다.

처음 가보는 식당이나 여러 음식을 파는 휴게소 같은 곳을 갔을 때 주문하는 나만의 노하우가 있다. 처음 가 보는 식당은 어색하기 때문에 메뉴판을 보면 더 헷갈릴 수가 있다. 그럴 때는 주변 손님들이 뭘 많이 먹는지 유심히 살펴보면 된다. 그리고 동일한 메뉴로 시키면 절반 이상 성공이다. 만일 휴게소같이 다양한 음식을 파는 곳에서는 돈가스를 시키면 거의 실패 할 일이 없다. 예전에 방송에서 유명한 쉐프가 명언을 남기지 않았는가. "튀김은 신발을 튀겨도 맛있다."

보리굴비를 정해놓고 다른 한 가지 메뉴 때문에 고민하고 있던 찰나, 우리는 지나가던 고등어구이가 풍기는 향을 동시에 맡아버리고 말았다. 더 이상 고민할 필요가 없었다.

드디어 우리가 주문한 음식들이 나와 맛있게 먹기 시작했다. 굴비는 말린 생선이지만 잔가시들이 조금 있기 때문에 서로 가시를 조금씩 발라주면서 먹었다. 반면에 고등어구이는 다른 생선에 비해 가시가 큰 편이라 먹기가 편해 각자 발라먹는 중이었다. 한참 맛있게 먹고 있는데 갑자기 희경이 얼굴빛이 안 좋아

보였다. 왜 그러냐고 물어보니 목에 가시가 걸린 것 같아서 좀 불편하다는 것이다.

어디선가 맨밥을 한 숟갈 안 씹고 넘기면 밥과 함께 가시가 넘어간다는 소리를 들은 적이 있어서 그렇게 해보라고 했다. 두세 숟갈 정도 먹었는데도 효과가 없었다. 이제 어떡해야 하나 발을 동동 구르던 중에 식당 이모님이 달걀노른자를 한 번에 먹으면 가시가 같이 넘어간다고 하면서 주셨다. 하지만 이마저도 전혀 효과가 없었다. 희경이는 점점 더 힘들어하다가 화장실 거울을 보고 온다며 들락날락했다.

당시에 연애 초기여서 서로 눈치 보고 배려하느라 버벅거렸다. 그래도 일단은 병원을 가는 게 제일 좋을 것 같다는 판단에 근처 내과를 찾아봤다. 다행히 길 건너에 내과가 있었고 우리는 서둘러 식당에서 나왔다. 급히 병원에 가는데 희경이가 혼자 다녀오겠다고 하는 게 아닌가 걱정되는 마음에 같이 가려 했지만 그녀 입장도 있다는 생각에 병원 앞에서 기다리기로 했다.

한참이 돼도 나오지 않아 병원에 들어가 봐야겠다고 생각했을 때 마침 희경이가 환한 표정으로 나왔다. 오래 걸린 이유를 들어보니 긴 고등어 가시가 목구멍 끝 쪽에 깊숙이 박히는 바람에 의사 선생님이랑 엄청 고생해서 뺐다고 한다. 그나마 가시 끝이 보여 뽑을 수 있었다고 덧붙였다.

환한 얼굴을 보니 안심됐지만 한편으로 미안한 마음이 들었다. 고등어 가시를 제대로 발라주지 못한 것보다 더 미안했던 건 나를 위해 혼자 병원을 다녀왔다는 사실이었다. 처음엔 병원에 혼자 간다고 했을 때 단지 '창피해서 그러는구나'라고 가볍게만 생각했다. 나중에야 공개 연애를 할 때가 아니라서 같이 가면 내가 불편할까 봐 배려해줬다는 걸 알게 됐다. 그 얘기를 들으니 괜스레 미안했다. 이날 이후, 우리는 생선을 자주 먹지는 않았지만 먹을 때마다 열심히 서로의 가시를 발라주고 있다. 특히 고등어 먹을 때…….

배려, 참 좋다.

서로를 생각하는 작은 마음이 어느새 내 안에 꽉 차있는 걸 느낄 수 있기 때문이다.

5월 3일,
잊을 수 없는
그날

희경이를 만난 지 일 년 조금 안 됐을 때, 지인들이 서울 근교에서 캠핑을 한다는 소식에 희경이와 함께 참석하기로 했다. 주위에서 캠핑을 많이 다니던 때라 궁금하기도 했고 연애를 시작하고 같이 캠핑장을 가 본 적이 없었기 때문이다. 생각만으로도 즐거웠다. 일행들은 미리 텐트를 치고 자리를 잡아놓고 있었고 우리는 해지기 조금 전에 도착할 수 있었다.

일행들이 이미 많은 음식들을 준비한 덕분에 우리는 달리 준비할 게 없었다. 긴단한 간식거리들과 커피 드립 팩 정도만 챙겨들고 캠핑장으로 향했다. 5월이라 날씨도 좋고 서울과 멀리 떨어진 곳이 아니라 힘들지 않게 적당히 드라이브도 하면서 기분 좋게 갈 수 있었다. 도착하니 이미 일행들이 저녁 준비를 하고 있었다. 선선하게 불어오는 바람에 실린 밥 냄새가 코를 간질였다. 모닥불을 피어놓은 곳에 자리를 잡고 앉아 있으니 금방 저녁때가 됐다. 저녁 메뉴는 무려 수육, 소고기에 곱창구이! 말만 들어도 군침이 도는 메뉴였다.

시간이 되는 친구들이 하나둘 '번개'로 모이기 시작했다. 동네 친구들도, 배우 동료들도 한자리에 모였다. 우리는 가끔 이렇게 무계획으로 시간 되는 사람들끼리 만나기도 하는데 이날이 딱 그런 날이었다. 캠핑장에서 모닥불 피워놓고 둘러앉아 좋은 사람들과 맛있는 음식을 먹으니 환상적이었다. 반주하는 사람들도 있었고 따듯한 커피나 차를 마시는 사람들도 있었다. 왁자지껄 시간 가는 줄 모르고 재밌게 자리하고 있는데 갑자기 희경이 표정이 안 좋아 보였다. 그녀 말로는 화장실을 가려고 일어나다가 허리 근육이 살짝 놀란 것 같다고 했다.

조금 앉아있으면 괜찮을 것 같다고 나를 안심시켰지만 아무래도 안 될 것 같았다. 일단 친구들에게 먼저 가 봐야 할 것 같다고 급하게 인사하고 그녀를 집에 바래다줬다. "집에서 푹 쉬고 많이 힘들면 오빠한테 연락해!"라고 얘기한 후 집으로 돌아왔다.

다음 날 아침, 걱정되는 마음에 전화하자 희경이가 울먹이면서 받는 게 아닌가. 너무 놀라 고민할 겨를 없이 바로 희경이 집으로 갔다. 방에는 불도 못 끄고 옷도 못 갈아입은 채로 침대 끝쪽에서 힘들어하고 있는 희경이가 있었다. 그 모습을 보자마자 할 말을 잃었다. 그날 하필, 함께 살고 있는 작은 언니네 부부가 모두 출장을 가는 바람에 집에 희경이를 도와줄 사람이 없었던 것이다.

얼른 대충 편한 옷으로 갈아입히고 병원에 가려고 하는데 희경이가 걷지도 못할 정도로 힘들어했다. 다급한 마음에 등에 업고 싶었지만 업히지도 못하는 상황이었다. 일단 팔로 조심히 들어 차에 옮겨 태운 후 근처 병원으로 향했다.

병원에 도착하고 접수한 후에 바로 검사를 받으려고 했다. 그런데 MRI 검사실로 가려면 엘리베이터를 타고 6층으로 올라가야만 했다. 희경이는 조금이라도 힘을 주면 아픈 상황이라 온몸에 힘을 빼고 나에게 의지하고 있었다. 조심스럽게 그녀를 들고 올라가서 MRI 촬영을 하고 나서 들은 채로 지하 1층 진료실루 돌아왔다. 오르락내리락하느라 나는 이미 땀범벅에 꼴이 말이 아니었지만 그린 것들을 신경 쓸 겨를이 없었다. 그만큼 희경이도 무척이나 힘들어했기에……

의사 선생님은 검사 결과 다행히 심한 건 아니고 경미한 디스

크가 보인다고 했다. 시술 권유를 받고 어떡할까 고민하다가 의사인 큰형님께 여쭤봤다. 허리 통증은 시술해도 당장은 괜찮지만 다시 재발할 수 있으니 좀 쉬다가 운동을 꾸준히 하는 게 좋다고 알려주셨다. 그래서 시술은 일단 받지 말자고 하고 조금 쉬어보자고 그녀를 설득했다.

희경이는 너무 아프니까 당장 시술받고 싶다고 하다가 내 말을 듣고 조금 참아보겠다고 했다. 다행히 링거를 맞으면서 쉬다 보니 많이 좋아졌다. 집에 가서 쉬어도 된다는 얘기를 들은 후에야 우리는 겨우 한숨 돌릴 수가 있었다.

처방전을 받고 창구에서 수납하려는데 약간의 문제 아닌 문제가 생겼다. 수납하시는 간호사님이 우리가 어떤 사이냐고 물어보는 게 아닌가. 당시 우리는 공개 연애를 하는 게 아니라 가족들과 주변 지인들만 우리 사이를 알고 있었다. 그러니 대외적으로 모두 알고 있는 사이는 아니었다. 생각해보니 내가 희경이를 번쩍 들고 병원에 들어왔을 때부터 간호사분들이 좀 놀라는 눈치였던 것 같다.

그제야 주위가 보였고 당황했지만 최대한 자연스럽게 연인 사이라고 밝혔다. 감사하게도 간호사님들도 자연스럽게 넘어가 주셨다. 그렇게 우린 의도치 않게 처음으로 공개적으로 연인 사이라는 걸 밝히게 됐다.

얼마 전 허리가 안 좋아서 그때 그 병원에 갔다. 원장님을 비롯한 마주치는 모든 분들이 "아내분은 허리 많이 좋아지셨어요?"라고 물어봐 주셨다. 이제 많은 분들이 우리가 부부인 걸 알고 함께 걱정해주시고 같이 응원해주신다.

다시 한번 든 생각이지만
희경이와 결혼하길 참 잘했다.

고정
관념

　우리는 함께 첫 해외여행을 가기로 했다. 친구들이랑 미리 정해져 있던 여행이었는데 마침 희경이도 일정이 맞아 양쪽 의견을 물어보고 가게 됐다. 태어나서 여자친구와 처음 가는 해외여행이라 떨리고 설렜다. 여행에 대한 환상이 있는 건 아니지만 그래도 뭔가 찌릿찌릿한 느낌이랄까. 둘만의 여행은 아니지만 함께 해외에서 같은 땅을 밟는 것만으로도 좋았다. 그렇게 우리는 약간 쌀쌀해지는 늦가을에 '발리'로 떠나기로 했다.

　여행 가기 전, 희경이에게 약간의 고민이 있어보였다. 무슨 고민이 있는지 물어보니 여름 나라에 가야 하는데 여름옷이랑 수영복이 없다는 게 아닌가. 여성 의류 쇼핑몰을 운영하는데 옷이 없다니 나로선 이해가 잘 되지 않았다. 알고 보니 그녀는 촬영할 때만 옷을 대여하고 바로 반납해야 했기 때문에 실질적으로 가지고 있는 옷은 많이 없었던 것이다.

우리는 부랴부랴 가로수길 옷 매장과 인터넷을 뒤지기 시작했다. 당시에 가을이라 여름옷 찾기가 쉽진 않았지만 세일 코너에 마침 간단한 옷들이 있었다. 반팔과 얇은 원피스 위주로 찾아보고 간간히 수영복도 봤다. 그게 우리의 첫 쇼핑이었다. 그래도 여름에 겨울 나라로 가는 게 아니라 얼마나 다행인지…… 고생 아닌 고생을 조금 했지만 이날이 나에게는 가장 잊지 못하는 날 중 하루가 됐다.

가볍게 생각했을 때 여성 의류 쇼핑몰을 운영하고 화장품까지 런칭한 사람이 당연히 비싼 옷들, 가방들, 신발들을 많이 가지고 있을 거라 짐작했다. 그만큼 소비욕이 강해도 이상하지 않다고 여겼다. 하지만 희경이는 전혀 달랐다. 내 생각이 한참 짧다는 것을 느꼈다. 화려한 게 딱히 정해져 있는 건 아니지만 적어도 내가 생각하는 1차원적인 화려함이 있었고 그녀는 그 생각을 완전히 깨주었다. 뭐랄까. 참된 화려함을 배웠다고 해야 하나.

그때 내가 느낀 감정은 어느 한 단어, 한 문장으로 표현하기가 참 어렵다. 내가 그녀와 결혼하고 싶다고 생각한 여러 이유가 있지만 이날 역시 이유 중 하나가 생긴 날이다. 자신에게 필요하지 않으면 욕심내지 않고 똑똑하고 알뜰하게 소비할 줄 아는 그녀에게 지금도 여전히 배우며 살고 있다.

스스로 만든 생각과 시선으로 상대방을 보지 말고 있는
그대로를 보는 건 어떨까.

베일에 가려있던 상대방의 좋은 모습들이 많이 보일 것이다.

첫인상

희경이를 처음 만난 곳은 플리마켓이다. 그때의 모습을 떠올리면 헤어스타일은 지금과 아주 다르지 않지만 세련된 와인색에 상의는 리넨 재질 비슷한 반소매 티셔츠를, 하의는 약간의 통 있는 검은색 칠부바지, 신발은 하얀색 로퍼를 신고 있었다. 유독 눈에 띄는 미인에 내가 좋아하는 스타일이라 정확하게 기억한다.

약속을 정하고 처음 만나기로 한 날, 희경이와의 사실상 첫 만남이었다. 플리마켓에서의 귀여운 그녀만 상상해서 그날의 희경이는 뭐랄까…… 엄청 화려하고 알록달록한 랩 원피스(허리끈을 감아서 묶는 스타일)를 입고 있는데 솔직히 좀 놀랐다

원피스 자체는 예뻤지만 처음 봤을 때와 완전히 상반된 스타일이었다. 원래 이런 스타일의 옷을 즐겨 입나? 그럼 어쩌지? 너무 화려한데 등등 오만가지 생각이 우후죽순 머릿속에 떠올랐다. 다소 혼란스러웠다. 대부분 그렇지 않을까. 어떤 한 사람을 떠올

리며 그려보고 나와 매치시켜보고…… 나 역시 마찬가지였다.

시간이 지나 우리가 결혼하고 이 책을 쓰면서 처음으로 와이프에게 랩 원피스 얘기를 꺼냈다. 실은 그날 너무 놀랐다고. 처음 만나는 자리여서 신경 쓰고 나온 게 아니라 원래 그런 스타일이라면 감당하기 힘들었을 거라고도 말했다.

와이프는 내 애기를 듣더니 큰소리로 웃기 시작했다. 그리고 사실 그날은 쇼핑몰 촬영을 마치고 아무 생각 없이 촬영한 옷을 그대로 입고 바로 온 거라고 알려줬다. 둘째 처형도 그 애기를 듣고 안 그래도 문제의 그 화려한 랩 원피스를 입고 가는 걸 보고 말리고 싶었다고 말했다. 랩 원피스가 본인 옷이 아니고 일 때문에 입은 옷이라 얼마나 다행인지 모른다.

사람들은 모두 각자의 스타일이 있다.
서로 선호하는 스타일이 비슷하고 잘 맞는 건 축복이다.
난 그 축복 속에 하루하루를 행복하게 살고 있다.

항상 감사하는 마음으로…….

화려하지 않지만 가장 기본이 되는,
어떻게 조리하고 어떤 식재료와 함께 하느냐에 무한 변신하는,
'친숙하지만 질리지 않아' 내가 가장 좋아하고 닮고 싶은 빵.

2장

식빵

그야말로
빵, 빵, 빵

희경이와 나의 공통점을 '딱' 하나만 말해보라면 바로 '빵'이다. 그만큼 빵을 좋아하고 또 많이 먹으러 이곳저곳 다녔다. 지금은 조금 덜하지만 '예전보다' 덜한 거지, 보통 사람들보다 정말 많이 먹는 편이다.

희경이를 만나기 전에도 빵을 좋아하긴 했지만 지금처럼 다양한 빵을 먹어보진 않았다. 전에는 크로켓이나 소시지 빵, 피자 빵 같이 식대용으로 먹을 수 있는 빵 종류를 주로 먹었다. 하지만 희경이를 만나고 나서 크루아상, 퀸아망 같이 페스츄리 종류의 버터 향이 가득한 빵이나 발효종을 이용해 만든 캄파뉴, 바게트 종류의 빵들 역시 많이 먹게 됐다.

여러 종류의 빵을 많이 먹다 보니 <수요미식회> 빵 특집에도 출연했다. 나와 희경이의 빵 사랑은 이스트가 들어간 빵 반죽이 부푸는 것처럼 나날이 커졌다. 유명한 빵집이 있다고 하면 줄을 서더라도 찾아가서 먹어봐야 직성이 풀리고, 맛있는 빵집이 있는 곳은 거리에 상관없이 따지지 않고 다녔다. 여행 일정을 짤 때도 그 지역에 유명한 빵집이 있다면 단연 1순위가 됐다. 다른 나라도 예외는 아니다.

한번은 와이프와 처형, 나 셋이서 일본 도쿄 여행을 간 적이 있는데 도쿄역 근처에 크루아상을 전문적으로 파는 유명한 빵집이 있었다. 와이프와 처형이 내가 그 빵집에 못 가봤다고 하자 무조건 가 봐야 한다며 끌고 갔다. 도대체 얼마나 맛있길래 이토록 난리일까. 가뜩이나 궁금한 건 못 참는 성격인데 그 대상이 빵이면 안 갈 이유가 없었다.

그 빵집이 뭐라고 그리 설렜을까. 우리는 바로 다음 날 아침부터 서둘렀다. 와이프는 언제나 그랬던 것처럼 여행 동선에 맞춰 빵집에서 약 10분 정도 걸어가면 있는 유명한 토스트 집도 미리 찾아놓았다. 우리는 서두른 덕분에 오픈 시간 전에 도착 할 수 있었지만 가자마자 자리에 주저앉을 뻔했다. 이미 많은 사람들로 대기 줄이 한눈에 들어오지도 않을 정도로 길었던 것이다. 포기할까, 아니면 이왕 온 거 기다려볼까.

고민하던 찰나, 열린 문틈 사이로 말도 안 되는 버터 향이 갑자기 내 코로 쑤욱 들어왔다. 뭐라 형언할 수 없는 달콤하고도 유혹적인 향이었다. 도저히 참을 수 없었다. 홀린 듯이 우리 셋은 이미 줄을 서고 있었다. 이 빵집은 크루아상도 맛있지만 뭐니 뭐니 해도 1등은 피낭시에(작은 금괴 모양의 프랑스식 케이크)였다. 버터 향을 맡은 이상 몇 시간이 걸려도 반드시 맛봐야 했다. 장담하는데 빵을 좋아하는 사람이라면 그 향을 맡고 절대 포기하진 못 할 것이다.

다만 아침 일찍 나오는 바람에 빈속인 게 문제였다. 슬슬 배가 고파졌지만 우리 차례가 오려면 아직 한 시간 이상은 족히 기다려야 했다. 그래서 처형은 피낭시에 맛집에 그대로 줄을 서고 우리는 희경이가 찾아놓은 토스트로 유명한 집을 가보기로 했다. 줄이 길지 않길 바라는 마음으로.

나의 바람은 얼마 가지 않아 산산조각이 났다. 토스트 집도 명성에 맞게 역시나 줄이 길었고 심지어 줄이 줄어드는 속도가 빵집보다 훨씬 더뎠다. 빵집은 무조건 포장 판매였지만 토스트 집은 먹고 가는 손님들이 대부분이었기 때문이다.

'에라 모르겠다. 이왕 먹기로 한 거, 기다려보자!'

양쪽 기다린 시간을 합쳐서 대략 두 시간 정도 흐르자 우리 앞에 딱 한 팀이 남았다. 길 건너편에서 때마침 처형이 오고 있었다. 양손 가득 파란색 빵 봉투를 들고 위풍당당하게 걸어오는 모습…… 참 멋있었다. 처형이 빵을 사고 옴과 동시에 우리도 토스트 집에 들어갈 수 있었다.

토스트 집은 색다른 방식의 토스트 가게였다. 여러 종류의 토스터와 식빵이 진열돼있고 우리가 직접 골라서 구워 먹을 수 있었다. 음료와 몇 가지의 식빵을 고르고 평소에 써보고 싶었던 토스터를 골랐다. 세 가지의 버터와 함께 차례로 비교하며 먹어보는 재미가 제법 쏠쏠했다.

우리는 맛있게 먹은 후 다시 빵집으로 갔다. 따로 앉아서 먹을 수 있는 테이블은 없었지만 피낭시에 만큼은 그 집 앞에서 버터 향을 재료 삼으며 먹고 싶었기 때문이다.

피낭시에를 부드럽게 한입 베어 물었다. 상상했던 대로 버터 향이 입안에 가득 찼다. 두 시간의 기다림이 전혀 아깝지 않은 맛이었다. 당장 내 옆에 그 빵집의 피낭시에가 하나만이라도 있으면 좋겠다. 아…… 후회스럽다. 당장 먹고 싶어도 못 먹는 현실, 상상만으로도 침이 고이니……. 조만간 피낭시에 여행을 계획해봐야겠다.

나랑 잘 맞는 (빵 투어) 짝을 만났다는 건

정말 큰 행운이다.

**2015년
4월 26일**

　단순히 지나칠 수 있는 만남이었다. 아니, 지나치는 게 당연한 만남이었다고 말하는 게 더 정확하다.

　매년 열리는 제법 큰 플리마켓이 있다. 친한 친구들이 매년 셀러로 참여했기 때문에 그날도 응원차 놀러 갔다. 남성복을 파는 친구를 도와서 오픈부터 마감까지 옷을 팔아주거나 플리마켓 주최 측을 도와 경품추첨을 같이 진행한 적이 있기 때문에 나에게는 친숙한 행사였다.

　이번에도 친구들이 셀러로 참여했다. 한 친구는 제법 유명한 아동복 브랜드를 하고 있고 다른 친구는 어렸을 때부터 동대문에서 남성복 매장을 해온 친구였다. 이번 플리마켓은 저번보다 규모가 커져 참여한 업체들도 훨씬 많았고 볼거리도 풍성했다. 오픈한 지 얼마 안 된 시간이었음에도 불구하고 벌써 많은 사람들로 북적였다.

일단 친구들 얼굴을 보고 반갑게 인사한 후 구경할 겸 한 바퀴 돌아보기로 했다. 평소에 쇼핑하는 걸 좋아하기도 했고 플리마켓에서 파는 물건의 수익금으로 좋은 일을 한다고 하니 현금을 두둑이 가져간 상태였다. 필요한 물건을 사면서 좋은 일도 할 수 있다니. 일석이조라는 생각에 구석구석 보고 있었는데 밝은 얼굴의 두 여성분이 나를 보고 환하게 웃으며 반겨줬다. 왠지 기분이 좋아져서 자연스레 발걸음이 그곳으로 향하게 되었다.

"안녕하세요~ 물 타지 않은 미스트인데 한 번 써보세요."

희경이가 처음으로 나한테 건넨 말이다. 그러면서 옆에 있는 여성분을 가리키며 "이분은 아기 엄마예요."라고 말했다. 그렇게 둘째 처형과도 그날 처음 만나게 되었다. 갑자기 왜 그런 말을 했을까? 지금 생각해보면 '아기를 낳아도 이 정도 피부를 유지하고 있다' '이 미스트가 그만큼 피부에 좋다'는 말을 하고 싶었던 것 같다. 쌩긋 웃으며 말하는 그 모습이 아직도 선명할 정도로 좋았다. 주변을 화사하게 만들어주는 그 자체로 밝은 미소였다.

문득 미스트를 써보고 싶었다. 실은 그녀가 마음에 들었다고 하는 게 정확한 표현이지만. 계산하려고 하는데 그녀가 선물로

주고 싶다고 선뜻 나를 말렸다. 보통은 거절하지만 그날따라 괜히 거절하기 싫었다. 어쩌면 그녀가 민망함을 느낄 수도 있다는 생각이 들었다. 그렇게 감사 인사를 하고 떠나려는데 그녀가 말을 건넸다.

"사진 한 장만 찍어주심 안 돼요?"

와이프는 웃을 때 마치 초승달처럼 눈 모양이 변한다. 그 모습이 정말, 정말 예쁘다. 그런 눈을 하고 사진을 찍어 달라고 하는데 어찌 마다할 수가 있을까. 무조건 찍어주지요. 백 장, 천 장도 찍어주지요. 이때였다. 내가 우리 와이프한테 반한 게. 아직도 그 모습이 생생하다. 사진을 찍고 가볍게 인사를 하고 나는 다시 친구들에게로 갔다. 아쉬웠다. 어떤 말이든 다시 한번 말해보고 싶었다. 친구를 데리고 다시 그녀에게 갔다.

친구에게 "이 미스트 진짜 좋대! 너 악건성이잖아~ 써봐!"라고 말하면서 나도 사고 친구도 사게 하면서 내친김에 그녀를 한번 더 봤다. 그리고는 끝이었다. 차마 용기가 나지 않았고 용기낼 생각도 못 했다. 그렇게 허무하게 집에 왔다. 그녀를 다시 볼수 있을 거라고는 생각도 못 했다.

지금 생각해보니 와이프는 왜 갑자기 처형이 아기 엄마라는 말을 했을까? 와이프에게 물어보니 본인이 그런 말을 했다는 것조차 기억하지 못한다. 나는 이렇게 생생하게 기억나는데……혹시나 해서 처형한테도 물어봤다. 다행히 처형은 기억난다고 했다. 정작 말한 당사자는 기억 못 하는데 나는 선명하게 기억하고 있다. 왜일까?

아, 첫눈에 반했나 보다.
이보다 적절한 표현이 있을까.

용기로
얻은 기회

인연은 참 신기하다. 내가 그녀를 다시 만나게 될 줄은 꿈에도 생각 못 했다. 어설픈 첫 만남 이후로 두 달이 지났다. 기억 저 끄트머리에 이름조차 모르는 그녀가 살짝 아른거렸을 뿐이지 크게 이렇다 저렇다 할 게 없었다.

나는 종종 내 이름을 검색해본다. 아마도 거의 모든 연예인들은 아침에 일어나 검색창에 자기 이름을 검색하며 하루를 시작하는 걸로 알고 있다. 그날도 역시 여느 때와 같이 내 이름을 검색해서 기사를 보고 있었다. 그런데 화면 오른쪽 하단에 어디서 많이 본 여성분이 보였다. 보통 쇼핑몰 광고 배너는 잘 보지 않고 무심하게 넘기는데 그날은 이상하게 계속 눈이 갔다. 그래서 유심히 보니 바로 그녀였다. '김희경'

'바가지머리'라는 여성복 쇼핑몰 광고 배너였다. 남성인 나도 알 정도니 꽤 유명한 쇼핑몰이었다. 근데 그녀가 왜 여기에 있지? 배너를 통해 쇼핑몰사이트로 들어가 보니 그녀가 메인 모델이었다. 신기하면서도 반가웠다. 그 후로 그녀가 계속 생각났다. 그녀에게 본인이 맞는지 어떻게 물어볼까. 능청스럽게 닮은 사람이냐고 물어볼까. 온갖 생각들로 한참 머리를 쥐어뜯었다.

그러다가 번뜩 생각이 났다. 예전에 내 SNS에 선물 받은 미스트가 좋다고 피드를 올린 적이 있었는데 그녀가 그 피드를 보고 고맙다고 답글을 남겼었다. 나는 바로 캡처한 광고 배너와 함께 "혹시 본인이 맞는다면 쇼핑몰 파이팅! 화장품도 파이팅!"이라는 멘트를 보냈다. 아무 내용도 아닌지만 이 메시지를 보낼까 말까 한 시간 이상 망설였다.

가벼워 보일까 봐, 이러다가 다시는 그녀를 못 볼까 봐 메시지를 보내기 전에도 숱한 고민으로 망설였다. 그래도 그녀의 SNS 주소를 찾아 눈 질끈 감고 '보내기'를 눌러버렸다.

이제는 돌이킬 수 없다. 후련해야 하는데 오히려 복잡해졌다. 그렇다고 후회되지도 않았다. 나로서는 정말 엄청난 용기를 낸 거였고, 이 용기는 내 인생을 바꿔놓은 엄청난 용기였기에.

'어쩌지, 어쩌지'

용기 내서 보낸 메시지에 감사하게도 답장이 왔다. 본인이 맞다고. '어떻게 대화를 이어 나가지? 연락처를 알고 싶은데 어떻게 자연스럽게 물어보지?' 답장이 와서 기뻤지만 다음 난관이 높게만 느껴졌다. 결국 내가 한 말은 "미스트 진짜 좋네요."였다. 바보, 바보, 이 천하의 바보! 다행히 그녀에게 답장이 왔다. "호호 피부 미남 되세요." 문제는 다음 대화를 어떻게 이어나갈지 좋은 방법이 떠오르지 않았다.

그렇게 대화 끝. 절망적이었다.

그렇게 한 달이 지났다. 그때 당시 드라마 촬영으로 그냥저냥 지냈지만 그녀 생각을 멈출 수 없었다. 그래서 다시 한번 용기를 냈다. 그녀의 SNS 피드에 올라온 사진에 "제주도 좋아요? 요즘이 진짜 좋다던데……"라고 보냈다. 한 시간 이상 고민해서 보냈지만 답상은 오지 않았다. 이, 이렇게 끝나는구나 하는 절망감에 반포기 상태였는데 일주일쯤 지나 답장이 왔다. 유레카! 그녀는 메시지를 이제야 확인했다며 죄송하다고 했다. 답장이 온 사실에 너무 흥분한 나머지 오타를 막 내며 다시 답장을 보냈다.

신기한 건 내 글에 오타가 있다는 걸 결혼한 후에야 알게 됐

맞죠맞죠??신기해서 찰칵~~
바가지머리화이팅!그라운드플랜화이
팅!!

크크크 저맞네요 🙈🙈🙈🙈 응원
감사해요. 😆 어린이날 재밌게 보내세
용~~~ㅋㅋ 촬영하시려나? ;;

촬영 일찍하구 마치고 집에 왔어요~미
스트 진짜 좋네요!!!!!👍

호호 피부미남되세요 !👍👍

제주도 좋아요??요즘이 진짜 좋다던
데...

다이렉트 이제확인했어요 ㅠ 죄송;; 제
주도 비왔어서 꾸물꾸물햇는데 재미는
있었어요 ㅋ 지금은 부산 ㅋㅋㅋ 여기도
날씨가 .. ㅠㅠㅠ

동해번쩍서해번쩍~~~~~
다이렉트 워낙 많이 오져??ㅋㅋ죄송힐
것까지야~ㅋㅋ

ㅎㅎㅎ 아 그리구 7월 3일날 신사동 가
로수길 저희 오프라인매장 오픈해용!!
그날은 vip만 초대할예정인데요~~ 1시
부터 6시 ㅠ 워낙 바쁘시고 유명인이시
라 vip란 단어도 무색하긴 하지만ㅜㅜ
혹시나 시간되시면.. 오시라구요~~
😆😆😆😆

아님..4일날이라도 😅😅

다는 것이다. 너무 좋은 나머지 눈에 뵈는 게 없었나 보다. 다시 본론으로 들어가서 여기서 끝이 아니라 화장품 브랜드를 런칭하는데 오픈 날 시간 되면 올 수 있냐며 그녀가 먼저 연락처를 알려줬다. 이게 진짜 유레카. '당연히 무조건 가야죠. 일이 있어도 미루고 가야죠'라고 말하고 싶었다. 하지만 그녀가 부담스러워할까 봐 "시간되면 꼭 갈게요!"라고 답했다. 말은 태연한 척했지만 그때 내 기분을 어찌 말로 표현하랴.

화장품 런칭 날까지는 대략 보름 정도의 시간이 있었다. 보름이 그렇게까지 길게 느껴질 줄은 몰랐다. 용기를 내서 그녀에게 소심스레 연락했고 다행히 그녀는 반갑게 받아줬다. 용기 낸 김에 런칭 전에 커피 한잔하고 싶다고 질러버렸다.

그때 생각하면 아직도 떨린다.
사랑의 시작은 설렘부터.

방해꾼들의
톡톡한 역할

그녀를 만나기로 한 약속 장소로 향했다. 이런 경험이 한 번도 없었던 터라 걱정이 태반이었다. '만나면 어떻게 인사할까?' '최대한 자연스럽게 어색하지 않게 말을 꺼내야 하는데……' '어색해서 이상한 괴변만 늘어뜨리면 어쩌지?' 온갖 걱정과 고민이 펌프질해대는 바람에 진짜 심장이 터지기 일보 직전이었다.

우선 약속 장소에 먼저 도착해 그녀에게 전화했다. 전에 연락처를 주고받을 때 그녀가 먼저 "말씀 편하게 하세요."라고 했지만 성격상 말을 바로 편하게 하는 게 쉽지 않았다. 하지만 조금이라도 빨리 말을 놔야 더 금방 친해질 수 있을 거란 생각에 냉큼 말을 놔버렸다. 덕분에 메뉴를 물어볼 때 아무렇지 않은 척 말할 수 있었다. "우리 뭐 먹을까?"

드디어 그녀가 왔다! 미친듯이 떨렸지만 전혀 아무렇지 않은 척 마음을 추스르며 자연스럽게 인사했다. 환하게 웃어주는 그녀는 참 예뻤다. 웃는 모습을 보고 생각했다. 아, 이 사람이랑 만나고 싶다.

우리는 커피와 샌드위치를 먹으며 대화를 나눴다. 그런데 창가 근처에 놓인 화분 때문에 때아닌 날파리들이 날아다녔다. 엎친 데 덮친 격으로 샌드위치 속에 발사믹 소스가 너무 강했다. 처음 둘이 만나는 자리에 완벽하진 못하더라도 이게 뭐야……. 아이러니한 건 그날의 방해꾼들인 날파리와 발사믹 소스 덕분에 그녀가 더더욱 예뻐 보였다는 점이다.

날파리들에 아랑곳하지 않고 발사믹 소스가 듬뿍 들어간 샌드위치를 맛있게 먹는 그녀를 어찌 좋아하지 않을 수 있을까! 사실 화장품을 런칭하고 쇼핑몰을 운영하는 사람이면 당연히 분식보단 양식을, 소주보단 와인을 선호할 거라 생각했다. 그건 나만의 착각이고 오판이었다. 내 생각과 전혀 다른 사람이 내 앞에서 활짝 웃으며 앉아 있었다. 정말 헤어지기 싫었다. 하지만 시간은 눈 깜짝할 새에 훅 지나갔다. 좀 더 함께하고 싶었지만 서로의 일정 때문에 그만 헤어져야만 했다.

예전에 어떤 드라마에 나왔던 <보고있어도 보고싶은 그대>라는 노래에서 "보고 있어도 보고 싶은 보고 있어도 보고 싶은" 이라는 가사가 있었다. 처음 들었을 때는 유치하다고만 생각했는데 이제 보니 이 가사는 아주 정확했다. 정말 보고 있어도 보고 싶고, 보고 있어도 보고 싶다.

"문이 열리네요. 그대가 들어오죠."
<사랑해도 될까요>_유리상자

그날, 그렇게, 희경이는 내 마음에 들어왔다.

초고속
고백

첫 만남 이후 더욱 용기내기로 마음먹었다. 더 이상 흐지부지하기 싫었고 그녀와 더 가까워지고 싶었다. 어떻게 다시 만나자고 할까? 고민 중에 예전에 같이 공연했던 후배가 대학로에서 연극하고 있다는 게 떠올랐다.

"혹시 내일 뭐 해? 시간 되면 같이 대학로 공연 보러 갈래?"

그녀는 별다른 일 없다며 흔쾌히 수락했다. 나름 척척 잘 진행되고 있다는 느낌이 들었다. 다음 날, 그녀를 데리고 대학로로 향했다. 다행히 후배가 하는 공연은 대학로에서도 재밌기로 소문난 공연이었고 그녀의 반응 역시 좋았다. 연극을 보고 나오니 밤 10시에서 11시 정도 됐는데, 저녁을 소심하게 먹은 나는 배가 슬슬 고팠다. 꽤 늦은 시간이라 조심스레 그녀에게 배가 고픈 것 같다고 말했다. 다행히 그녀도 배가 고프다는 게 아닌

가. 어디로 갈지 고민하다가 친구들과 자주 가는 주먹고기 집이 생각났다.

그곳은 고기도 물론 맛있지만 소주가 하이라이트! 소주병 뒷부분을 '탕' 치면 마치 슬러시처럼 얼어버리는 소주가 있는 곳이다. 우리는 도착하자마자 고기와 술을 주문했다. 당시에 과일 소주가 엄청 유행해서 무작정 블루베리 소주를 주문했다.

그런데 우리는 소주를 따라만 놓고 '멀뚱멀뚱' 가만히 보기만 했다. 알고 보니 둘 다 일반 소주를 더 선호했던 것이다. 바로 슬러시처럼 얼어있는 소주를 시키고 이런저런 얘기를 하다 보니 어느새 새벽 1시가 됐다. 그리고 우리 앞에는 소주 두 병이 비어있었다. 이 사람과 있으면 시간이 참 빨리 지나가는구나. 헤어지기 아쉬웠다. 좀 더 같은 공간에, 같은 시간을 함께 공유하고 싶었다. 술도 한잔했기에 그녀를 직접 차로 데려다주지도 못하는 상황이었다. 그런 상황에 바로 앞, 반짝이는 노래방 간판이 보였다.

"혹시 노래방 좋아해?"
이게 무슨 미친 멘트냐……라고 생각하던 찰나,

"노래방 가요~"라고 시원하게 말해주던 그녀.

고기를 좋아하고, 일반 소주를 좋아하고, 노래방까지 흔쾌히 허락해주다니. 그녀를 무슨 수로 안 좋아할 수가 있단 말인가.

우리는 바로 노래방에 갔다. 주로 내가 부르고 그녀는 가볍게 호응하는 정도의 분위기가 계속되던 중에 제일 좋아하는 노래가 뭐냐고 물어봤다. 그녀는 "잘 모를 거예요. 쿨의 <Blue Eyes>라는 노래인데……"라고 말했다. 듣자마자 바로 찾아서 번호를 눌렀다. '제발 아는 노래여라, 아는 노래여라' 속으로 간절히 외쳤다.

다들 그런 노래 있지 않나? 익숙한 전주가 흐르면 귀가 저절로 반응하는, 제목은 모르지만 잘 알고 있는 노래. 딱 그 노래가 그랬다. 심지어 내가 무척이나 좋아하던 노래였다. 덩달아 분위기도 밝아졌다. 물론 노래 가사는 우리 상황과 달랐지만. 노래를 무사히 마치고 좋은 분위기로 마무리를 지었다.

그녀에게 집에 잘 도착했다는 연락을 받고 나는 바로 전화했다. 이런저런 대화를 하다가 "만나고 싶어!"라고 말했다. 나조차도 놀란, 정말 초고속 고백이었다. 지금 생각해보면 '어떻게 그런 행동을 했지? 신기하네'라는 생각이 들 정도다. 물론 스스로 매우 칭찬해주고 싶은 결단력과 행동이었다.

'잘했어, 김기방! 쓰담쓰담'

사실 와이프는 내가 고백했을 때 적어도 세 번은 만나봐야 한다며 거절했었다. 그때는 새벽이었고 날이 지나 만난 지 삼 일째로 넘어가고 있었다. 바로 잔머리를 써서 오늘이 우리가 알고 지낸 지 삼 일째 되는 날이니 세 번 만난 거나 다름없다고 했다. 결과는 당연히 성공이었다. 그날 와이프는 억지로 우기는 내가 귀여웠다고 한다.

만일 좋아하는 사람이 있다면
딱 한 번이라도 '귀엽게' 용기 내보자.

성공할지, 실패할지는 아무도 모르지 않는가.

다툼의
중요성

"두 분은 많이 안 싸워요?"

지인을 만나면 우리가 자주 받는 질문 중 하나다. 사실 이 질문을 받으면 대답하기가 애매하다. 사람들이 생각하는 '싸움의 온도'가 어느 정도인지 잘 모르기 때문이다. 그래도 우리가 생각한 다툼 몇 가지를 얘기해보려 한다.

생각나는 첫 번째 말다툼은 어느 맥주 바에서이다. 연애 초기에 서로 알아가는 과정이 필요했고 나를 먼저 보여주기로 마음먹었다. '나 김기방이라는 사람은 이런 사람이고 이런 걸 좋아하며 주변에는 이런 사람들이 있다' 정도를 그녀에게 최대한 자연스럽게 보여주고 싶었다. 그래서 내 주변 친구들과 만나 노는 모습을 자주 보여주려고 노력했다. 그래서 친구들을 만날 때 희경이를 자주 초대했다. 다행히 그녀는 내 친구들을 좋아해 줬고, 내 친구들 역시 그녀를 반겨줬다.

당시 내 친구들은 간단하게 맥주를 마시며 다트 게임하는 걸 좋아했다. 저녁을 먹으며 간단히 반주하고 다트 게임을 하기 위해 어느 맥주 바에 갔다. 가볍게 맥주를 마시고 다트 게임을 하면서 다들 분위기 좋게 자리하고 있었고 별다른 문제가 없었다. 그러다 대화 도중에 '가르치다, 가리키다'와 '다르다, 틀리다'에 대한 얘기가 나왔다. 예전에 연기 수업을 받을 때 저 말을 구분하지 못한다는 이유로 크게 혼난 적이 있다. 그래서인지 다른 사람들보다 내가 좀 더 예민하게 반응을 하는 말들이었다.

그 주제로 한참 대화가 이어지자 나도 모르게 예민하게 반응하고 있었다. 그런 내 모습을 보고 참고 있던 그녀가 결국 폭발해버렸다. 그만 얘기해도 될 것 같다고, 기분 좋은 자리에서 괜히 분위기 이상해진다고 말이다. 스스로 좀 예민하게 반응하고 있다는 걸 느끼고 있던 터라 바로 수긍하고 미안하다고, 그녀에게 사과했다.

한번은 결혼하고 그녀의 큰 언니 부부 지인분들과 술자리를 가진 적이 있다. 처음 보는 분이 많았지만 우리 둘 다 성격이 둥글둥글한 편이라 재밌게 자리하고 있었다. 역시 그날도 "둘이 많이 안 싸우느냐", "기방 씨가 잘해주냐", "무조건 와이프한테 잘해야 한다." 등 평소와 비슷한 대화들이 오가고 있었다.

그러던 중 말 한마디에 내 기분이 살짝 상했다. 집안일에 관한 이야기였는데 그녀 말로는 내가 물걸레 청소를 자주 해주겠다는 약속을 한 번도 지키지 않았다는 것이다. 단 '한 번도' 말이다. 내가 정말 한 번도 안 해줬다면 와이프의 입장을 충분히 이해할 것이다. 하지만 '자주'는 아니더라도 단 한 번도 물걸레 청소를 하지 않았다는 말은 사실이 아니었다.

나는 한 단어에 집착해 따지기 시작했고 민망해진 그녀는 갑자기 집에 간다며 나가버렸다. 나는 곧바로 뒤따라가 그녀에게 대화를 요청했다. 우리는 그 자리에서 서로의 입장 차이에 관해 이야기하고 각자 자신의 잘못을 인정하고 사과했다. 그리고 다시 안으로 들어가 언제 무슨 일이 있었냐는 듯이 앉았다. 함께 있던 분들도 자연스럽게 우리를 맞이해주셨고 편하게 계속 자리를 할 수 있었다.

그녀는 말을 할 때 둘러서 표현하는 편이고 나는 하나하나 정확히 얘기하는 편이다. 한평생 서로 몰랐다가 이제야 서로의 존재를 각자의 삶 속에 한 발짝씩 들이고 있다. 그러니 서로의 '다름' 역시 어색할 수밖에. 이런 사소한 다툼으로 서로에 대해 조금씩 허용하고 있다는 걸 느꼈다. 이제는 한마디에 서로 기분 나빠하거나 속상해하지 않는다. 어떤 의도로, 왜, 그런 말을 하는지 알기에.

사랑하는 사이에 다툼이 꼭 좋다는 건 아니다. 하지만 상대방이, 내가 사랑하는 사람이 어떤 생각을 하고 있는지 알 수 있는 하나의 방법일 수 있다. 물론 서로를 존중하고 사랑해야 한다는 전제 조건이 있어야 한다. 서로에게 집중하고 대화를 자주 나누며 조금만 귀 기울여준다면 다툴 일이 줄어든다. 행여나 다툼이 생기더라도 둘 사이가 더 단단해질 수 있는 거름이 될 것이다.

싸우세요! 서로를 존중하고 사랑한다는 전제하에…….

성장형
요리사

'살면서 요리를 해본 적이 있나……?'

스스로 질문을 던지고 한참 생각하게 된다. 솔직히 나온 답은 거의 없지만 굳이 얘기하자면 달걀프라이 혹은 라면 정도일까.

와이프는 '전라도' 광주에서 태어났다. 전라도 하면 음식이 유명하고 음식하면 손맛 아닌가. 하지만 와이프도 요리는 거의 해본 적이 없다. 그렇게 요리 초보 중의 초보인 우리 둘이 만나 결혼을 했다. 그나마 우리 모두 입맛이 까다롭거나 음식을 가리는 편이 아니라 다행이었다.

우리가 결혼해서 처음 해본 요리는 김치찌개였다. 요즘에는 인터넷에 레시피가 잘 나와 있어서 쉬울 거라 생각했다. 나는 '돼지 김치찌개'를, 와이프는 '참치 김치찌개'를 좋아한다. 집에 주재료인 김치는 준비되어 있으니 각자 좋아하는 김치찌개를 만들어보고자 본격적인 요리를 시작했다. 처음에는 뭔가 잘 되

어 가는가 싶었다. 그런데 김치와 두부, 참치에 대망의 스팸까지 들어간 내 김치찌개는 점점 이상해지더니 나중에는 도저히 먹을 수 없는 정체불명의 이상한 찌개로 만들어졌다. 반면에 와이프가 만든 참치 김치찌개는 보글보글 맛있게 끓고 있었다.

내 정체 모를 찌개는 과감히 포기하고 와이프가 해준 참치 김치찌개를 먹었다. 와이프가 나에게 해준 첫 번째 요리였다. 정말 맛있었다. 아마 이때부터였으리라. 요리를 해봐야겠다고 마음먹은 순간이.

며칠 뒤, 저녁 당번이 나였을 때 가장 쉽게 할 수 있는 요리를 찾아보다가 된장찌개용 소스를 따로 판매한다는 사실을 알았다. 그날의 저녁메뉴는 그렇게 정해졌다. 맛있고 손쉬운 된장찌개로! 저번에 '김치찌개 사건' 때문에 와이프는 나를 못 미더워했지만 나는 자신 있다고 호언장담했다. 나에겐 든든한 된장찌개용 소스가 있으니까. 메뉴는 정해졌으니 이제 장을 보러 가기로 했다. 마트에서 된장찌개에 필요한 재료를 바구니에 하나씩 담기 시작했다.

우선 제일 중요한 된장찌개용 소스를 찾아봤다. 마트에 소스가 없을 수도 있다는 불안감은 있었지만 분명히 있을 거란 희망을 품고 찾기 시작했다. 역시나 쉽게 찾을 수 있었다. 분명 나 같은 사람이 많다는 걸 확신했다. 우선 소스 먼저 담고 된장찌개에 들어가면 맛있을 만한 재료를 담기 시작했다. 감자, 호박, 버섯, 두부 등을 담았고 칼칼한 맛을 내줄 수 있는 청양고추도 담았다. 뭐가 더 없을까 고민하다가 고깃집에서 먹는 된장찌개를 떠올려봤다. 차돌박이! 우리는 바로 정육 코너로 가서 차돌박이를 사서 기분 좋게 집으로 돌아왔다.

본격적으로 요리를 시작했다. 어설픈 칼솜씨로 채소들을 다듬고 소스 포장지에 적힌 레시피대로 소스와 물을 적당한 비율로 냄비에 담아 끓였다. 서서히 끓기 시작하면 오래 익혀야 하는 순서대로 감자와 호박을 먼저 넣었다. 냄비 안 채소가 슬슬 익기 시작할 때 청양고추, 버섯, 두부 , 차돌박이 순으로 넣었다. 찌개에 넣고 남은 차돌박이는 따로 구워서 먹기로 했다.

된장찌개와 차돌박이 구이가 거의 완성될 때 마침 전기밥솥에서 밥이 다 됐다는 소리가 났다. 드디어 저녁 밥상 완성! 태어나서 처음 차려 본 완벽한 밥상이었다. 와이프가 먼저 한 숟가락 떠서 먹기 시작했다. 반응이 어떨지, 혹여나 입맛에 맞지 않을지 궁금하면서도 걱정됐다. 긴장감이 맴도는 순간, 와이프가 엄지손가락을 번쩍 올려줬다. 김치찌개의 실패를 맛본 후라 기분이 날아갈 듯이 좋았다. 어머니께서 자식 먹는 것만 봐도 배부르다고 하시던 말을 마음속 깊이 이해하는 순간이었다.

맛있게 저녁을 먹은 후, 장 보면서 얼마를 썼는지 영수증을 확인했다. 무려 3만 원이 훌쩍 넘었다. 두 사람이 된장찌개 한 끼를 먹는데 3만 원이면 그리 싼값은 아니다. 그래도 결혼해서 처음으로 와이프를 위해 이렇게 요리를 하는 게 참 좋았다. 덤으로 요리에 대한 용기도 얻었다.

'요리라는 게 생각했던 것보다 쉬울 수 있구나'

그다음부터 떡볶이, 볶음밥, 감바스, 파스타 등 비교적 간단한 요리들로 시작했다. 그 결과 오일 파스타는 이제 제법 맛을 낼 줄 안다. 물론 모든 요리에 쓰인 재료값이 밖에서 사 먹는 것보다 더 많이 드는 건 사실이지만 그래도 어떠한가. 사먹는 음식보단 사랑과 정성이 듬뿍 들어가 있으니까 그걸로 우리 부부는 만족한다. 아직은 외식하는 비중이 높지만 요리는 살면서 꾸준히 도전할 예정이다.

위기에서
추억으로

우리는 결혼식 날짜를 비교적 일찍 정한 편이다. 자연스럽게 결혼하면 필요한 것들을 준비할 시간 역시 여유로웠고 덕분에 결혼식 당일, 살면서 필요한 것들은 어느 정도 마련돼 있었다. 이제는 같은 공간에서, 같은 시간을 공유하면서 중요한 게 뭐가 있을까 고민할 시간만이 남았다.

다시 결혼하기 전으로 돌아가자면, 필요한 것들을 준비하는 과정에서 제일 먼저 떠오르는 건 집이었다. 모든 예비부부가 제일 걱정하고 장만하기 힘든 게 바로 집이지 않을까. 나 역시 예외는 아니었다. 생각보다 따져야 할 것들이 많이 복잡했다. 이럴 때 혼자 고민하는 것보다 함께 고민하고 정하는 게 좋을 것 같아 희경이와 모든 고민을 함께했다.

우리는 살면서 이제껏 집 때문에 고민한 적이 없어서 처음부터 난관이었다. 어떻게 하는 게 최선책일까. 결혼하기 전에 나는 어머니와, 희경이는 작은언니네 부부와 살고 있었다. 희경이는 일을 작은언니 부부와 같이 하므로 서울에 와서 항상 셋이 생활하고 있었다.

그런데 우리가 결혼 준비를 할 때 작은언니네 부부는 고향인 광주로 이사해야 했다. 지금까지는 장인어른, 장모님께서 광주에서 둘째 처형네 아이를 봐주고 있었는데 아이가 유치원에 갈 나이가 되자 함께 지내기 위해 광주에 내려가기로 결정한 것이다. 그리고 감사하게도 우리에게 지금 사는 서울집에서 지내는 게 어떠냐고 물어보셨다. 거절할 이유가 전혀 없었기에 우리는 당연히 좋다고 했다. 희경이는 본인이 생활하던 집에서 그대로 사니 이질감이 없어서 편하고, 나는 집 걱정을 안 해서 좋고. 이것이야말로 일석이조였다. 이렇게 감사하게도 집 문제가 해결됐다.

필요한 가구, 바꿔야 할 가전제품은 내가 사기로 했다. 제일 먼저 뭐가 필요한지 확인해보니 다름 아닌 소파였다. 둘이 열심히 알아보기 시작했다. 역시 알아보는 건 나보다 희경이가 빨랐다. 좋은 소파가 있는데 공장으로 직접 찾아가면 좀 더 저렴하게 살 수 있다는 정보까지 알아냈다. 말 나온 김에 당장 가보자고 제안했다.

우리는 죽이 참 잘 맞았다.

희경이가 빠르게 알아보면 나는 바로 행동으로 옮겼다. 그렇게 우리는 경기도 남양주에 있는 가구 공장으로 향했다.

공장에서 겉에 원단부터 색, 소파 안 충전재의 강도까지 고를 수 있었다. 여러 소파를 한참 구경하다가 산뜻한 색의 소파가 한눈에 들어왔다. 꼼꼼하게 따져보고 구매를 하려던 순간, 희경이가 담당자에게 아까 우리가 앉아 본 전시 제품도 구매할 수 있는지 물어보는 게 아닌가. 우리만 괜찮으면 판매 가능하다는 답변에 망설일 틈 없이 냉큼 구매했다.

전시돼있는 소파가 매우 깨끗하다고 생각했는데 역시 만든 지 일주일도 안 된 제품이었다. 사용감도 거의 없는 새 제품이나 다름없는 소파를 시중보다 훨씬 더 저렴한 가격에 사고, 훨씬 더 빨리 받을 수 있었다. 모두 희경이가 용기 내서 물어본 덕분이다.

이제는 가전제품 차례였다. 열심히 알아보고 있는 와중에 이번엔 큰처형이 발 벗고 나서주셨다. 동생 결혼하는데 본인이 가전제품을 해주고 싶다는 것이었다. 우리 큰처형 고집은 절대 못 이긴다는 걸 알고 있었고 동생을 위한 마음을 거절하는 것 또한 예의가 아닌 것 같았다. 그래서 못 이기는 척하고 받기로 했다.

어떤 가전제품을 바꿀까 고민하다가 오래된 세탁기와 냉장고로 정했다. 세탁기가 오기로 한 날, 기사님이 원래 있던 세탁기를 수거해가기로 했다. 먼저 철거팀이 전에 있던 세탁기를 수거해가고 새 세탁기를 기사님 두 분이 힘겹게 들고 오셨다. 우리 집은 따로 엘리베이터가 없는 빌라 2층이라 손수 들고 와야 했다.

여기서 예상치 못한 문제가 생겼다. 새로 산 세탁기가 원래 있던 세탁기보다 많이 커서 그 자리에 안 들어가는 게 아닌가. 기사님들께 죄송스러웠지만 일단 새 세탁기를 다시 돌려보내야 했다. 이제 세탁기가 들어갈 만한 곳을 다시 찾아야 했다.

보일러실 앞에 최대한 문을 열 수 있는 공간만 확보하고 세탁기를 놓으면 딱 맞아 보였다. 다시 판매처에 연락했다. 그런데 워낙 인기가 있는 제품이라 금방 팔려서 한 달 정도 기다려야 한다는 답변이 돌아왔다. 낭패였다. 원래 있던 세탁기는 이미 보냈고 여름철이라 다른 건 몰라도 수건과 속옷 빨래는 필수였다.

그때부터 부랴부랴 근처 코인세탁소를 알아보기 시작했다. 다행히 차로 10분 거리에 있는 코인세탁소를 찾을 수 있었다. 우리는 당장 빨래 바구니 두 개에 빨래를 잔뜩 채워 코인세탁소에 갔다. 설명서를 꼼꼼히 읽어보고 세제와 섬유유연제를 구매해 세탁기에 넣고 작동시켰다. 세탁 시간이 보통 한 시간 이상 걸리는데 장마철이라 세탁소 내부가 습하고 더웠다. 마침 에어컨이 있길래 리모컨을 찾아 전원 버튼을 눌렀는데 작동이 되지 않았다. 알고 보니 에어컨도 돈을 넣어야 작동시킬 수 있었다.

건조기 열기로 실내가 정말 더웠다. 얼른 돈을 넣어 에어컨을 켜고 바로 옆 카페에서 아이스커피도 사 왔다. 때마침 비가 부슬부슬 내리기 시작했다. 완벽한 세팅이었다. 저녁 시간이 지나서 그런지 세탁소는 둘만의 공간이었다.

우리는 시원한 에어컨 바람이 나오는 세탁소 안에서 비 내리는 소리를 배경음 삼아 아이스커피를 마셨다. 그 순간이 이상하리만큼 좋았다. 한 시간 정도의 짧은 시간 동안 서로의 모습을 휴대폰에 담았다. 빨래도 하고 커피도 마시면서 우리는 그렇게 또 하나의 추억을 만들었다.

어떻게 보면 충분히 짜증 날 수도 있는 상황이었다. 하지만 우리는. 유쾌하게 받아들였고 그 결과 잊을 수 없는 추억을 기록할 수 있었다. 특히 예민해질 수 있는 상황을 즐거운 경험으로 만들어준 우리 희경이에게 참 고맙다. 아참, 지금도 집에서 잘 돌아가고 있는 우리 세탁기에도 고맙다는 말을 전한다.

결혼 준비, 분명 외견 차이가 생길 수 있다.
경험자로서 말하지만 서로 조금씩 배려하고 양보하면
그 과정 또한 소중한 추억이 될 수 있으리라.

인생 첫
다이어트

내가 과거엔 말랐다는 소리를 들을 정도로 날씬했다고 하면 과연 믿을 사람들이 몇 명이나 될까? 실제로 봤던 가족들이나 어렸을 때 친구들 제외하고는 거의 없으리라 확신한다. 나 역시 이 정도로 살이 찔 거라 상상도 못 했으니까. 중·고등학생일 땐 전교에서 제일 말랐던 사람을 물어보면 내가 더러 포함될 정도로 날씬했다. 심지어 고등학생 때 별명이 '에어로빅'이었다.

고등학교를 졸업했을 때 키는 170cm에 몸무게가 겨우 53kg이었다. 재수할 때도 비슷한 체형을 유지했었다. 그러다 우연한 기회로 영화에 출연하고 그 이후에 본격적으로 배우 활동을 시작했다. 처음 <잠복근무>라는 영화를 촬영했고 운 좋게 바로 이어서 <내 이름은 김삼순>이라는 드라마를 촬영하게 됐다.

드라마를 찍으면서 덩달아 소속사도 생겼는데 당시 본부장님의 "기방이는 살을 좀 찌우면 배우로서 더 좋을 것 같다."는 애

기에 다음 날부터 바로 '살찌기 프로젝트'에 돌입했다. 친구들과 술을 자주 마시는 건 기본이고 술자리가 끝나면 들어오는 길에 편의점에서 칼로리가 높은 음식들만 골라서 사 왔다. 자기 전까지는 먹는 걸 멈추지 않았었다.

게다가 학생 시절엔 지하철을 타고 등하교를 했기 때문에 본의 아니게 걷는 시간이 많아 기초대사량이 높았다. 그런데 졸업하고 운전을 시작하면서 걸을 일도 현저히 줄어들었다. 의도치 않게 게을러진 것이다. 과연 프로젝트에 안성맞춤인 상태였다.

그렇게 나만의 프로젝트를 한 지 일 년 정도가 지나고 보니 몸무게는 20kg 이상 늘어나 있었다. 성공적으로 프로젝트를 마친 후에 신기하게도 작품이 많이 들어오기 시작했다. 오디션을 봐도 전보다 훨씬 합격률이 높아졌다. 그렇게 배우 활동을 이어 나갔다. 처음에는 갑자기 무거워진 몸 때문에 힘들었지만 시간이 지날수록 익숙해졌다. 사람의 몸이 참 신기한 게 체질이 바뀌기 시작하면 정말 순식간에 바뀐다. 처음에는 겨우 5kg 찌우는 게 힘들었는데 이제는 1kg 빼는 게 그렇게 힘들다.

희경이를 처음 만나기 시작했을 때는 이미 나의 마른 몸을 스스로도 잊어버린 지 오래였다. 연애를 시작하면서 거의 매일 만났다. 하루하루가 좋았다. 재밌고 행복했다. 근데 한 가지 문제가 생겼다. 보통 남자들끼리 만나면 각자 주문한 밥을 먹고 이후에 가볍게 커피를 마신다거나 아니면 저녁을 먹으며 반주 정도를 하면 됐다.

그런데 희경이랑 데이트 하면서 밥을 먹을 때도 두 가지 혹은 세 가지 음식을 주문해 같이 먹게 됐다. 또 내가 먹는 속도가 빠르니 먹는 양도 내가 더 많이 먹게 되는 것이다. 밥을 먹고 가볍게 커피를 마실 때도 있지만 대부분 맛있고 달콤한 디저트를 곁들인다. 결과적으로 평소 혼자일 때보다 더 많은 음식을 먹게 됐다.

희경이와 점심때 만나 밤에 헤어지면 집에 들어왔을 때 내가 느끼는 그날 먹은 양은 짧은 시간에 약 네 끼 정도 먹은 느낌이었다. 더 이상 실행할 필요가 없는 나만의 프로젝트는 나 몰래 열심히 실행되고 있었나보다. 희경이와 연애하면서 거의 10kg 정도 불어났다.

결혼 날짜를 잡고 나니 내 몸의 심각성을 느꼈다. 태어나 처음으로 다이어트를 결심했다. 희경이에게 같이 못 먹어줘서 미안하다고 미리 선포했다. 그녀도 흔쾌히 이해해줬다. 다이어트 안 해도 되는 배우라 다행이라고 항상 얘기했던 그녀 역시 더 이상 돼지가 되는 예비 신랑은 보고 싶지 않았으리라.

큰 결심을 하고 운동을 시작했다. 친한 후배가 트레이너라 식단과 운동을 부탁했다. 하루에 천 칼로리 정도의 음식만 먹었다. 난생처음 샐러드 음식점을 찾아갔다. 일이 있어도 일주일에 세 번 이상은 운동을 했디. 그 결과 연애할 때 불어났던 10kg과 작별할 수 있었다. 무엇보다 좋았던 건 희경이의 반응이었다. 다이어트 효과로 옷맵시가 살고 멋있어졌다는 말을 자주 했다. 칭찬은 고래도 춤추게 한다고 하지 않는가. 칭찬 덕분에 열심히 유지해서 결혼식장에 멋지게 들어갈 수 있었다.

지금은 어떨까. 다시 슬금슬금 올라가고 있다.(몸무게가……)
핑계를 몇 개 대자면 집 앞에 맛있는 음식점들이 줄지어 있고
심지어 늦게까지 장사한다. 또 한 가지는 결혼 전에 집에서 혼자
술을 마실 일이 없었는데 결혼을 하고 나서는 와이프랑 간단히
맥주를 마시거나 집 앞에서 소주도 한잔 마시게 된다는 게 정
말 치명적이다. 물론 다 변명이다. 인정한다. 글을 쓰면서 결혼
식 사진을 보고 있는데 다시 돌아가야 할 것 같다. 다시 올라온
내 살들과 슬슬 작별 인사를 할 때가 된 것 같다.

"희경아, 미안해.
이제 당분간 맛있는 거 같이 못 먹을 것 같아. 사랑해."

희바라기방

사람들의 관계에서 '애칭'은 많은 역할을 한다. 애칭만 들어도 서로 얼마나 친하고 끈끈한지 어느 정도 예측할 수 있으니까. 가족이나 친구들 사이에 불리는 애칭도 좋지만 특히, 애인 사이에 사용하는 애칭은 좀 더 특별한 역할을 맡는 것 같다.

와이프는 '바가지머리'라는 쇼핑몰을 운영하는 동시에 모델로 활동하고 있는데 거기서 불리는 애칭이 '희바리'다. 제법 유명한 쇼핑몰이라 많은 사람들이 그녀의 애칭을 알고 있었고 나역시 연애하면서 자연스럽게 희바리라고 불렀다. 희바리를 시작으로 쇼핑몰 회사 내 모든 직원들에게 각자의 애칭이 생겼다고한나. 본인의 이름 뒤니 불리고 싶은 단어 뒤에 운영되고 있는 쇼핑몰 바가지머리의 약자 '바리'를 붙이는 것이다. 실제로 들어보면 참 귀엽다.

사진 촬영을 해주는 민트바리, 전반적인 옷을 스타일링하고 매치하는 제이바리, 피부가 하얗다는 이유로 하양바리, 핑크색을 좋아해서 핑크바리, 별명이 땡이라 땡바리 등 쇼핑몰에는 이렇게 많은 바리님들이 있다. 이러한 애칭 덕분에 직원들끼리 서로의 이름을 부르는 것보다 훨씬 더 가까운 느낌이 든다. 바가지머리의 이런 점이 귀엽고 사랑스럽게 느껴졌다.

우리가 연애할 때 희경이는 애칭이 있었지만 나는 그냥, '오빠'였다. 여느 때와 다름없이 데이트하고 집에 데려다주는 길에 문득 휴대폰에 저장할 애칭 정도는 있으면 좋겠다는 생각이 들었다. 뭐가 좋을까 생각하다가 희경이가 해바라기를 좋아한다는 걸 떠올랐다. 희경이 애칭인 희바리에 해바라기와 기방을 자연스럽게 붙여보는 건 어떨까.

그렇게 만든 애칭이 바로 희바라기방.

애칭의 뜻은 '해바라기가 해만 바라보는 것처럼 희바리만 바라보는 기방'이다. 집에 가는 차 안에서 우리는 차가 떠나갈 듯 웃었다. 다소 민망하고 간지러운 뜻을 가졌지만 나름 만족스러운 애칭이었고 SNS에 둘이 같이 나온 사진마다 '#희바라기방'이라는 태그를 달았다. 지금도 그 태그는 현재 진행 중이다. 우

리만의 비밀스러운 암호이자 자랑하고픈 애칭이다. SNS에 희바라기방을 검색해보면 우리가 지금까지 올렸던 모든 사진이 나온다. 앞으로도 희바라기방 사진을 꾸준히 올려볼 생각이다.

예전에는 결혼 후에 부를 호칭에 대해 생각해 본 적이 없었다. 특히 자기, 당신, 여보 같은. 괜히 혼자 부끄러운 마음에 절대 못할 거라고 생각했었다. 그런데 신기하게도 장난삼아 몇 번 불러보니 이제는 자연스럽게 여보라는 말이 튀어나오는 것이다. 희경이도 마찬가지로. 서로 여보, 여보 하다 보니 이제는 부르는 것도 듣는 것도 제법 편해졌다.

아직 많은 사람들 앞에서 여보라고 부르기엔 조금 어색하지만 점점 익숙해질 거라 생각한다. 오빠라고 불러줄 때보다 여보라고 불러줄 때 '우리가 진짜 부부구나' '행복하다'라는 느낌이 더 강하게 전달된다. 마냥 어색할 거라 짐작한 여보라는 호칭이 이제는 따뜻하고 포근한, 행복감을 주는 사랑스러운 호칭이 됐다.

절대 아니라고 생각했던 것들이 서서히, 조금씩 바뀌고 있다. 신기하면서도 재밌다. 이런 경험을 재밌게 받아들일 수 있는 준비가 되어있는지 스스로 확인해보는 것 또한 살아가는 데 있어서 분명 필요한 일이지 않을까.

#희바라기방

소개팅

　나는 살면서 단 한 번도 소개팅을 해본 적이 없다. 그러다 우연히 설 특집으로 <썸남썸녀>라는 예능프로그램을 촬영했다. 솔로인 출연자들이 동거동락하면서 '솔로 탈출'에 대해 고민하고 서로 소개팅을 주선하거나 받는 리얼리티 프로그램이었다. 촬영하면서 나 역시 소개팅을 한 번 받았다. 방송이지만 소개팅은 소개팅이니까 거기서 한 번, 정말 태어나서 딱 한 번 소개팅을 했었다.

　희경이와 연애하면서 내가 출연한 작품 중 무엇을 봤는지 물어보니 의외의 답변을 받았다. 나름 10년 넘게 배우 활동을 이어오면서 여러 작품에 출연했기에 살짝 기대하기도 했다. 그런데 그녀는 내가 출연한 수많은 작품 중에 하필 <썸남썸녀>를 본 것이다. 물론 프로그램 자체는 이상하지 않다. 다만 그 프로그램이 소개팅 프로그램이라는 것이다. 희경이는 왜 내가 출연한 많고 많은 작품 중에 딱 프로그램만 봤을까. 사실 그녀는 그다지 크게 신경 쓰지 않았다. 그저 설 특집 프로그램이라 그녀의 온 가족이 모여 다 같이 봤다는 사실만 전해줬을 뿐.

아…….

소개팅에 얽혀 있는 또 다른 에피소드가 있다. 희경이를 처음 만난 장소인 플리마켓에 내 친구들도 셀러로 참여했는데 그중에 한 친구가 그녀를 좋게 봤나보다. 그 친구가 다른 친구에게 계속 그녀와 잘해보라는 의미로 말이라도 한번 걸어보라고 부추기고 있었던 모양이다. 그때까지 나는 그녀의 존재조차 모르고 있었다.

결국 친구는 실제로 희경이에게 아무 말도 못 하고 흐지부지 끝났다고 한다. 나중에 그 친구들에게 내가 그녀와 만난다고 얘기하니 엄청 놀랐다. 그런 친구들의 반응을 보니 재밌으면서도 내심 뿌듯했다.

결정적으로 소개팅이라는 단어를 잊을 수 없는 사건이 하나 있다. 어느 날, 친한 동료 후배에게 전화가 왔는데 내가 전화를 받자마자 그 후배가 막 웃는 게 아닌가. 알고 보니 그 후배에게 친한 누나가 소개해주고 싶은 여성이 있다고 보내준 사진 속 인물이 희경이었던 것이다. 동시에 희경이에게도 연락이 왔다. 아는 언니가 소개해주고 싶은 사람이 있다고 말했다고 말이다.

그때 당시 연애 초기라 공개 연애를 하기 전이었다. 주변에 친한 사람들 몇 명만 우리 사이를 알고 있었는데 다행히 그 후배와 인사를 한 적이 있어서 서로 알고 지냈다. 결국 두 사람은 각자 친한 오빠, 동생 사이라고 그분께 얘기하고 잘 마무리 지었다고 한다.

어떻게 보면 아무것도 아닌 일들일 수 있다. 하지만 우리에겐 이렇게 신기하고 재밌는 추억으로 서로의 삶에 한 장의 페이지씩 장식하고 있다. 소개팅을 거절해 준 지금의 와이프, 김희경 님과 배우 임주환님께 감사의 말을 전한다.

주환아! 거절해줘서 고맙다.

사랑하면 사소한 것들마저도

재밌는 추억으로 기록되는 일상을 경험할 수 있다.

뜻밖의
선물

우리는 아기를 좋아한다. 결혼하고 나서 자연스럽게 자녀 계획에 대한 주제가 나왔다. 그럴 때마다 희경이와 나는 서로에게 집중하면서 어느 정도의 신혼 생활을 즐긴 후에 천천히 계획해 보자는 말로 마무리 지었다.

계획대로 행복한 신혼 생활을 보내다가 하루는 와이프가 서로 몸 상태에 대해 검사를 받아보는 건 어떠냐고 제안했다. 좋은 엄마, 아빠가 되기 위해 당연히 해야 할 일이라 생각했고 흔쾌히 좋다고 대답했다.

와이프가 자주 가던 산부인과에 예약하고 검사를 받으러 갔다. 내가 한 검사는 정액 검사라 어려운 검사는 아니었지만 처음 해보는 거라 조금 어색하고 쑥스러웠다. 검사는 금방 끝났다. 와이프가 한 검사 역시 오래 걸리지 않았다. 조금만 기다리면 검사 결과가 나온다는 말에 우리는 기다리기로 했다.

30분 정도 지났을까. 검사 결과가 나왔다. 당연히 별문제 없겠지만 살짝 떨리는 마음을 갖고 원장실로 들어갔다. 우선 내 검사 결과부터 들었다. 어떨까? 설마 이상 있는 건 아니겠지? 그 짧은 순간에 수많은 생각이 스쳐 지나갔다. 애써 태연한 척 원장님이 하시는 말에 경청했다.

원장님께서 검사표를 보면서 설명하기 시작했다. 정자 양이 엄청 많고 건강해 보인다는 말에 긴장이 싹 풀리면서 입가에 나도 모르게 웃음이 띄워졌다. 다행이었다. 와이프 검사 결과도 매우 좋았다. 검사 결과로만 보면 금방 졸업할 것 같다고 말씀해주셨다. 임신을 졸업으로 표현하다니. 원장님의 센스에 감탄할 수밖에 없었다. 둘 다 검사 결과가 좋아 다행이었다. 우리는 한결 홀가분한 마음을 갖고 집으로 향했다.

그 후에 한 달 정도 지났을 무렵, 병원에서 연락이 왔다. 검사 결과에 관해 물으셔서 정자 양도 많고 건강하다는 결과를 받았다고 말했다. 그런데 간호사님 말로는 정밀검사를 해보니 기형 정자가 좀 보여 다시 한번 검사를 받으러 내원해야 한다는 것이다. 얼떨결에 다시 검진 예약을 했다. 건강하다는 말에 마음 놓고 있었는데 괜스레 더 불안해졌다.

검사 당일, 다시 병원에 갔다. 나는 전과 동일한 검사를, 와이프는 간단한 초음파 검사를 받았다. 그 후 검사 결과를 기다렸다. 결과가 나왔다는 안내를 받고 원장실로 들어갔는데 원장님 표정이 좀 의아했다. 내 검사 결과가 좋지 않다는 말을 듣기엔 이상하게 밝아 보였던 것이다. 긴장한 채로 자리에 앉자 축하한다고, 임신이라고 말씀해주시는 게 아닌가. 그리고 2주 뒤에 다시 와서 피검사를 해보자고 하셨다.

우리는 그토록 기다리던 2주가 지나고 병원에서 피검사를 했다. 검사 결과는 수치가 올라가 있었고 일주일 후엔 초음파를 통해 우리 아기를 처음 만났다. 아직은 눈, 코, 입도 없는 아주 작은 아기지만 병원에서 분명 임신이라고 했다.

우리는 눈을 마주치며 서로 무언의 축하를 해줬다. 안 좋은 검사 결과를 듣고 다시 검사를 받으러 갔다가 오히려 엄청난 선물을 받았다. 실감이 나지 않았다. 그저 기쁘고 감사했다. 속절없이 밀려오는 행복감에 정신을 자리시 못할 징도였디.

와이프가 대견했고 사랑스러웠다. 내가 아빠가 되다니. 신기했다. 좋은 남편, 좋은 아빠가 될 수 있도록 항상 노력하겠다고 스스로 굳게 다짐한 순간이었다.

더
단단해지다

우리가 부모가 된다. 희경이가 엄마, 내가 아빠라니. 생각만으로도 두근거리고 행복했다. 그리고 전과 다름없는 일상에 확실한 변화 몇 가지가 찾아왔다.

우선 와이프 몸 컨디션이 점점 변해갔다. 제일 먼저 변한 건 다름 아닌 식성이다. 우리는 매운 걸 잘 못 먹어서 자주 먹지 않았다. 그런데 갑자기 매운 음식이 먹고 싶다고 했다. 평소에는 잘 먹지 않던 국물 요리도 찾기 시작했다. 오히려 자주 먹던 피자나 파스타 같은 음식은 보기만 해도 느끼하다고 힘들어했다. 더 놀라웠던 건 그렇게 좋아하고 즐겨 먹던 빵조차 멀리했다는 점이다.

그리고 처형이 입덧으로 몇 달을 고생하는 걸 바로 옆에서 봐왔던 터라 처음엔 희경이도 혹여나 고생하지 않을까 걱정했다. 다행히 와이프는 그리 심한 편은 아니었다. 대신에 공복 상태가 오래 이어지면 속이 메스껍다가 먹으면 다시 괜찮아졌다. 이게 말로만 듣던 먹덧인가. 보통 임산부들이 배 속의 아기가 먹고 싶어 한다는 이유로 음식을 찾거나 먹는 걸 주변이나 각종 매체에서 많이 봤기에 잘 알고 있었다.

사실 임신 초기에 배 속의 아기들은 엄마가 먹는 음식으로 영양분을 받는 게 아니라는 걸 이번에 처음 알았다. 알고 보니 아기들은 옆에 붙어있는 영양 주머니에서 영양을 공급받는 것이었다. 희경이도 병원에서 이 얘기를 들어서인지 나에게 음식 심부름을 많이 시키지는 않았다. 그래도 가정의 행복을 위해 남편들의 '딜리버리 시스템'은 항시 대기여야 한다!

드디어 아이 심장 소리를 듣는 날이 왔다. 병원에서 기다리고 있는데 아이 심장소리를 듣기 전에 내 심장이 터질 것만 같았다. 모든 게 우리에겐 처음이라 떨림과 설렘의 연속이었다. 우리 차례가 되자 초음파를 통해 아이 심장소리를 들을 수 있었디. 그때 그 느낌은 정말 말로 표현하기 어려울 정도로 경이로웠다.

와이프와 눈이 마주치자 서로 무슨 말을 하고 싶은지 굳이 꺼내지 않아도 느껴졌다. 아이가 건강하다는 말을 듣고 다음 진료일을 예약했다. 병원에 나오면서 우리는 서로를 '꼬옥' 안아줬다. 더 아끼고 더 사랑해야지.

2주가 지나 다시 병원에 갔다. 평소와 다름없이 두근거리는 마음으로 진료를 기다렸고 우리 차례가 됐다. 임신 9주 차에 접어들어 배 속 아이는 아주 작지만 사람처럼 보일 시기였다. 초음파 검사를 시작했고 우리는 모니터를 보면서 신기해하고 있었다. 그런데 의사 선생님의 표정이 좋지 않았다. 곧 우리에게 아이의 심장이 뛰지 않는다고 말씀하셨다.

그 말을 듣는 순간 잠깐 아무 생각이 나질 않았다. 그러다 정신 차리고 와이프를 살폈다. 나라도 얼른 감정을 추슬러야 했다. 여기서 내가 감정적으로 행동하면 안 된다는 생각이 번뜩 들었다. 하지만 뭘 어떻게 해야 할지, 무슨 말을 해야 할지 혼란스러웠다. 그러자 와이프가 한마디 했다.

"오빠, 나 진짜 괜찮아."

순간 울컥했지만 와이프만 괜찮다면 난 아무래도 상관없었다. 분명 나보다 훨씬 힘들 텐데 오히려 본인은 괜찮다고 말해주는 우리 희경이. 내가 위로해주고 옆에서 든든히 지켜줘야 하는데 나보다 훨씬 씩씩하고 든든한 내 아내. 정말 고마워.

　두 달 남짓, 짧고도 긴 시간 동안 큰일을 겪었다. 힘들지 않았다고 하면 거짓말이지만 겪고 나서 서로에 대한 믿음이 더 커졌다. 좋은 일들, 행복한 일들만 있으면 물론 좋겠지만 힘든 일도 겪으면서 서로 힘을 합치는 법도, 이겨내는 법도 배우고 있다.

　우리는 더 단단해졌고, 지금도 단단해지고 있다.

환상의 조합인 딸기잼과 버터를 스윽 발라 먹으면 천국의 맛이 나는,
'혼자일 때보다 함께일 때가 좋은' 우리와 비슷해서 더 좋아지는 빵.

우유와 함께 먹으면 스르르 녹는,
환상의 조합인 딸기잼과 버터를 스윽 발라 먹으면 천국의 맛이 나는,
'혼자일 때보다 함께일 때가 좋은' 우리와 비슷해서 더 좋아지는 빵.

3장

스콘

비공식
테스트

연애하고 얼마 지나지 않아 물 흐르듯이 결혼 이야기가 나왔다. 특히 희경이의 가족분들이 나를 많이 예뻐해 주셨다. 내 여행 친구인 우리 둘째 처형, 그리고 둘째 형님이 든든한 지원군 역할을 톡톡히 해줬고 큰처형과 큰형님 역시 무척이나 예뻐해 주셨다.

연애 초반에 큰처형댁에 처음 인사를 드리러 간 적이 있다. 큰처형과 큰형님 그리고 예쁜 조카들과 처음 인사하고 저녁 식사 자리를 가졌다. 중식당에서 밥을 먹으면서 가볍게 술도 한잔 곁들었다. 사람을 만날 때 많이 긴장하는 스타일은 아니라 이런저런 애기를 하면서 자리하고 있었다. 얼마나 흘렀을까. 우리는 다른 곳에서 가볍게 한잔 더 하기로 했다.

2차 장소는 큰형님이 퇴근길에 동료분들과 자주 가시는 먹태집이었다. 형님의 직업은 요양병원을 운영하시는 훈남 의사다.

말수가 적으신 편이라 그날도 거의 아무 말씀 없이 같이 자리하고 계셨는데 맥주를 다 마시자 형님께서 먼저 3차 어떠냐고 물어보시는 게 아닌가. 나는 당연히 괜찮다고 했고 우리는 근처 횟집으로 이동했다.

처음에서 중국술, 그다음에는 맥주, 횟집에서는 소주를 마시기 시작했다. 한 잔 두 잔 마시기 시작하자 계속 말씀이 없으셨던 형님이 나에 대해 하나둘 물어보기 시작하셨다. 나는 최대한 성심성의껏 대답했다. 약 한 시간 정도 지났을까. 형님이 우리를 보자고 한 이유에 대해서 말씀해 주셨다. 알고 보니 술을 거의 못 하시는 장인어른을 대신해 집안의 가장 큰 어른인 형님이 나를 테스트 해보기 위한 자리였던 것이다.

3차였기 때문에 형님은 취기가 올랐고 나는 정신력으로 겨우 버티고 있었다. 같이 있던 오랜 시간 동안 형님께 질문을 받은 시간은 대략 5분 징도. 테스트가 끝나자 형님은 해장하고 들어가자며 집 앞 해장국집에 가자고 하셨다. 그 얘기는 곧 '테스트 통과했으니 속 풀러가자'라는 희소식으로 들렸다. 실제로 주사가 크게 없는 나는 다행히 무사통과였고 무려 큰형님댁에서 자고 가라는 얘기까지 들을 수 있었다.

다음 날, 형님은 나에게 친구네 부부와 근처 야외로 고기 먹으러 가기로 했는데 같이 갈 수 있냐고 물어보셨다. 이왕 이렇게 된 거 쐐기를 박자. 당연히 갈 수 있다고 말씀드렸다. 그렇게 얼떨결에 형님네 부부동반 모임에 껴서 고기까지 얻어먹고 무사 귀환했다. 희경이는 처음에 민망해하다가 내가 형님 장단에 잘 맞춰서 행동하는 걸 보고 나름 뿌듯해했다. 나중에는 고맙다고도 말했다. 평소에 어른들과 잘 지내는 편에 붙임성도 좋았던 내 성격이 십분 발휘하는 순간이었다. 대견하다. 기방아!

결혼 후에도 운동을 좋아하는 나와 큰형님은 함께 운동하거나 좋은 운동용품이 있으면 공유하면서 전보다 더 잘 지내고 있다.

엄청 무뚝뚝해 보이지만 마음 따뜻하고 정 많은 우리 큰형님. 항상 감사합니다.

다이아 반지
사수 사건

결혼은 누구에게나 인생에서 큰 부분을 차지하는 중요한 행사일 것이다. 그리고 결혼할 상대만큼이나 중요한 게 있다. 바로 프러포즈. 단어만 들었을 때는 로맨틱하고 감동적이지만 사실 생각만큼 호락호락하지 않다는 건 해본 사람이라면 대부분 공감할 거라 감히 장담한다.

나 또한 결혼하기 전에 희경이에게 프러포즈했다. 나를 아는 사람들은 내가 로맨틱한 프러포즈를 할 거라 예상했지만 결론부터 말하자면 완전 망, 했, 다.

우리는 연애 초기부터 자연스럽게 결혼 얘기가 나왔다. 당사자인 우리보다 오히려 주변에서 그런 분위기를 만들었다. 특히 큰처형의 응원을 많이 받았다. 항상 볼 때마다 "둘은 우리보다 훨씬 잘 살 거예요." "기방씨가 우리 가족에 구성원이 돼줘서 얼마나 감사한지 몰라요."라고 말씀해주셨다. 덕분에 우리 둘은 어느 순간 결혼을 당연하게 받아들이기 시작했고 평소에도 결혼 날짜는 언제가 좋을지 상의하면서 지냈다.

프러포즈 전이라 혼자 어떻게 하면 좋을까 고민하다가 시간이 조금씩 지나 결혼 날짜와 식장까지 거의 정해진 상태까지 와버렸다. 문제는 아직 프러포즈는 못한 상태. 점점 보이지 않는 압박이 오기 시작했다. 그녀는 한 번도 나한테 그런 걸 원해 하거나 보챈 적이 없었다. 그래서 오히려 더 어려웠다. 쉴 때는 항상 같이 있었기 때문에 따로 시간 내서 이벤트를 준비하기 어려웠다. 그렇다고 뻔한 프러포즈는 하고 싶지 않았다. 결혼 전에 예비 신부가 가장 받고 싶은 선물은 무엇일까. 생각보다 답은 쉽게 나왔다.

'다이아 반지!'

그때부터 혼자 열심히 알아보기 시작했다. 그런데 가장 중요한 희경이의 손가락 사이즈를 몰랐다. 티 안 나게 알아낼 방법이 없을까 고민하다가 희경이에게 슬쩍 결혼반지를 맞춰보자고 제안했다. 서로 예물을 안 하기로 해서 결혼반지도 넘기자는 말이 나왔지만 내가 하고 싶다고 하고 자연스럽게 반지 호수를 알아냈다. 드디어 준비 완료.

희경이가 오전부터 일이 있는 날을 디데이로 잡았다. 나는 혼자 종로에 있는 귀금속 상가로 갔다. 미리 알아본 귀금속 매장으로 가서 희경이에게 가장 잘 어울릴 만한 심플한 모양으로 반지를 골랐다. 계약을 하고 후련한 마음으로 집에 돌아왔다. 정말 큰 산을 넘었다고 생각했다. 여기까진 계획한 대로 척척 진행됐다. 매우 성공적이었다.

그 후로 며칠이 지나고 우리는 희경이 큰언니와 점심 식사 후 커피를 마시고 있었다. 그런데 갑자기 큰언니가 "친구가 귀금속 매장을 하는데 다이아 반지 보러 가볼래?"라고 하셨다. 바로 행동으로 옮기는 스타일인 큰언니 성격을 알기에 순간 가슴이 철렁했다.

결혼 발표하고 기사 나올 때 맞춰서 미리 산 반지로 프러포즈하려고 했는데…… 예상치 못하게 나의 철저한 계획이 와르르 무너질 수 있는 상황이었다. 혼자 식은땀을 뻘뻘 흘리고 있는데 희경이도 가보고 싶다고 말하는 게 아닌가.

'와, 이거 어쩌지?'

일단 화장실이 급하다고 하면서 슬며시 자리를 떠났다. '어쩌지, 어쩌지?' 머릿속은 말 그대로 대혼란이었다. 화장실을 다녀와서 급체했는지 속이 안 좋다고, 다음에 보러 가자고 말했다. 나로서는 엄청난 임기응변이었다. 그렇게 무사히 위기를 모면하고 큰언니와 헤어졌다.

희경이를 바래다주는 길에 이미 다이아 반지를 샀다고 말할까 말까 계속 고민했다. 큰언니는 우리와 헤어지자마자 다이아 반지 구매를 위해 당장 실행에 옮길 게 분명했다. 그렇게 되면 괜히 큰언니 친구분께 미안한 상황이 될 것 같았다. 결국 희경이에게 솔직하게 말했다. "실은 이미 다이아 반지를 주문해놨어. 근데 큰언니가 너무……"

얘기를 들은 희경이는 큰언니의 스타일을 너무나도 잘 알기에 '와하하' 웃으면서 잘했다고 했다. 그리고 고맙다고, 정말 감동이라고 도리어 좋아해 줬다.

드디어 약속한 날짜에 반지가 나왔다. 그날도 여느 때와 다름없이 데이트하고 집에 바래다주었다. 물론 반지의 존재는 숨긴 채. 희경이가 집에 들어가는 걸 확인한 후에야 집 앞에서 프러포즈를 준비했다. 희경이는 집에 들어가면 항상 씻으러 간다는 문자를 보낸다. 한 십 분 기다리니 역시나 문자가 왔다. 얼른 반지와 미리 준비한 꽃다발, 손편지를 챙겨 희경이 몰래 집에 들어가 현관 앞에 두고 나왔다. 내가 준비한 선물들을 발견한 그녀는 무척이나 고마워했다. 성공이다!

큰처형 때문에 망했다고 생각한 프러포즈가 큰처형 덕분에 더욱 특별한 프러포즈가 됐다. '그놈의 프러포즈가 뭐라고 그러지?'라고 생각하는 사람들도 있을 것이다. 하지만 우리에게 이것 또한 잊을 수 없는 소중하고 행복한 추억 중 하나로 기록됐다.

갑자기 보고 싶습니다.
큰처형.

우리의
약속

많은 사람들이 여행을 좋아한다. 그리고 국내와 해외 가릴 것 없이, 어디를 가더라도 살아가는 데 큰 힘이 될 때가 많다. 일 년 전부터 미리 계획해서 가는 사람도 있고, 즉흥적으로 떠나는 사람도 있다. 또한 여러 명이 함께 가는 사람도 있지만 반대로 혼자 하는 여행을 좋아하는 사람도 있다.

만일 누군가와 함께 떠나는 여행일 때(특히 연인 혹은 부부라면) 각자의 여행 성향은 서로에게 지대한 영향을 끼친다. 예를 들어 누구는 휴양지를, 누구는 도심을 좋아할 수 있다. 또한 누구는 레저 스포츠를, 누구는 쇼핑을 좋아할 수도 있다. 먹는 것조차 여행에서는 갈릴 때가 많다. 누구는 현지 음식을 고집할 수 있고 누구는 해외로 가도 한식만 찾을 수 있기에. 사람마다 각양각색의 취향을 가지고 있듯이 여행 성향도 마찬가지다.

와이프와 나는 여행 성향이 잘 맞는다. 일단 좋아하는 음식

스타일이 비슷하다. 여행할 때 제일 힘든 것 중 하나가 같이 간 상대와 선호하는 음식이 다를 때였다. 감사하게도 희경이와 나는 매우 잘 맞았다. 회보다는 고기를, 날 것보단 익힌 음식을 좋아한다. 더불어 빵과 디저트를 좋아하고 밀가루 음식은 뭐든 다 잘 먹는다. 커피를 마실 땐 맛있는 디저트와 함께 먹고 사진 찍는 걸 좋아한다. 여행지는 휴양지보다 여기저기 걸어 다니며 예쁜 곳을 구경하고 쇼핑할 수 있는 도심을 더 좋아한다.

여행 가기 전에 희경이가 먼저 가고 싶은 곳들을 찾아 지도 앱에 별 모양 표시를 한다. 그러면 나는 표시된 곳들의 동선을 살핀 후 일정을 짠다. 첫날은 이쪽부터 이 동선으로 돌아다니고, 둘째 날은 다른 쪽을 보자. 이런 식으로 일정을 짜면 그녀는 거기에 맞춰 숙소를 찾는다.

희경이는 같이 사업하는 언니와 지방은 물론, 해외 출장을 많이 다녔다. 그래서인지 좋은 장소를 찾아 근처에 숙소를 정하고 예약하는 걸 정말 잘했다. 그녀 덕분에 우리의 여행이 한결 편해지고 재밌어졌다.

'한 달에 한 번 이상 여행 가기. 최대한 지키려 노력하기.'

결혼하기 전부터 우리가 서로에게 한 약속이다. 우리는 약속한 순간부터 결혼한 지금까지 그 약속을 서로 잘 지키고 있다. 서울, 경기도에서 충청도, 강원도, 경상도, 전라도, 제주도는 물론, 여유가 있을 때는 해외여행도 자주 가려고 노력한다.

여행하면서 서로 조금씩 다툴 때도 있지만 그럴수록 더 돈독해진다. 원래 비 온 뒤 땅이 굳는다는 말도 있지 않은가. 나는 여전히 그녀와 여행 계획을 짜고 있다. 이 책이 나올 때쯤이면 더 많은 지역, 더 많은 나라를 경험하고 잊지 못할 하나의 추억으로 남겼으리라.

두려워하지 말고 귀찮아하지 말자.
여행은 생각보다 훨씬 더 좋을 것이다.
나 자체로 증명할 수 있다.

나의 여행
친구들

여행은 어디로 갈지 결정하는 게 매우 중요하다. 앞서 누구와 동행할지 정하는 것도 절대 놓칠 수 없는 문제다. 나의 경우, 와이프와 둘이 갈 때도 있지만 또 다른 한 명의 특별한 동행자가 있다. 바로 우리 둘째 처형!

결혼 전부터 우리 둘 사이를 전폭으로 지지해준 고마운 사람, 둘째 처형. 나와 동갑내기라 처음부터 친근하고 편했다. 처음 희경이와 내가 만나기 전에 처형이 먼저 "김기방 어때?"라고 물어본 적도 있다고 했다.

와이프가 말하기를.
"김기방?!?!"

둘째 처형에 의하면 기가 찬 말투였다고 했다. 어쨌든 처음부터 나를 좋아해 준 우리 처형이었다. 희바리가 나를 만나기 전부터 두 사람은 여행 파트너였다. 아무리 사업을 같이한다고 해도 성향이 다르면 여기저기 같이 다니기가 참 힘들다. 그래서 두 사람을 보고 있으면 마냥 흐뭇하다. 어쩜 그렇게 잘 맞을까. 그저 바라만 봐도 재밌고 즐겁다.

와이프는 자기 포함 위로 언니 두 명, 아래로 여동생 한 명, 이렇게 네 자매다. 그리고 네 자매 모두 미모가 뛰어나다. 첫째 처형은 이목구비가 가장 뚜렷하고 둘째 처형은 단발머리가 잘 어울리는 도시적인 분이다. 막내 처제는 똘망똘망 귀여우시다. 셋째 딸인 우리 희경이는…… 굳이 내 입으로 말하지 않겠다. 이런 딸 부잣집에 셋째 딸이랑 결혼한 도둑놈이 나다.

현재 와이프랑 둘째 처형은 사업을 같이하고 있다. 네 자매가 돈독하게 잘 지내지만 유독 둘째 처형이랑 와이프가 잘 맞는다. 둘이 출장으로 여기저기 다니면서 쌓인 여행 노하우는 정말 장난이 아니다. 죽이 척척 잘 들어맞는다. 이 자매와 함께라면 무인도에 떨어져도 재밌을 거란 생각이 들 정도다.

그렇게 연애 때부터 자연스럽게 셋이 출장 겸 여행을 함께 다니기 시작했다. 정확히 말하면 자매 사이에 내가 슬쩍 합류한 거라 해도 과언이 아니다. 두 사람도 둘이 다닐 때보다 남자 한 명이 더 있으니까 든든하고 좋다고 했다. 나름 뿌듯하다. 만일 여행할 때 처형이 함께 못 오면 다음에 셋이서 올 수 있다는 생각에 메모해놓거나 사진을 찍기도 한다.

한번은 처음으로 셋이 여름 나라에 간 적이 있다. 와이프랑 처형은 쇼핑몰 때문에 한 계절을 앞서 옷을 입고 촬영해야 한다. 수영복 같은 경우에는 여름이 오기 전에 촬영을 마쳐야 하기 때문에 여름 나라로 미리 가서 촬영한다.

여름 나라에 도착해 희경이와 처형은 예쁜 수영복을 입고 멋진 수영장과 바다를 배경으로 촬영했다. 나는 당연히 촬영이 끝나면 다 같이 수영장에서 물놀이를 할 줄 알았다. 그런데 촬영이 끝나고 두 사람 다 평상복으로 바로 갈아입는 게 아닌가. '어? 뭐지? 왜지?' 정말 의아했다. 알고 보니 와이프와 둘째 처형은 여름 나라에서 수영복 촬영을 하고 수영을 해본 적이 한 번도 없었다. 그러니 당연히 촬영이 끝나자마자 철수할 수밖에 없던 것이다.

얼굴과 몸이 젖으면 다음 코디를 촬영히기 힘들기도 하고 둘 다 수영을 못해 물에 들어가기가 무섭다는 게 이유였다. 나도 수영을 잘하는 건 아니지만 물에는 뜬다. 독학으로 자유형, 배영 정도는 터득했기 때문에 희경이와 처형이 물에 뜰 수 있도록 도와줄 자신이 있었다.

하루 날 잡고 자매에게 물에 뜨는 법을 가르쳤다. 드디어 두 사람 모두 처음으로 물에 '둥둥' 뜨는 신기한 경험을 했다. 그 후로 우리는 여름 나라에 갈 때면 한 가지 놀 거리가 더 생겼다. 쇼핑할 때도 예전에는 거들떠보지도 않던 수영복이나 수영용품이 이제는 1순위 아이템이 됐다.

결혼 후 나 말고 다른 구성원들이 생긴다는 게 처음에는 어색할 수도 있다. 하지만 여행하면서 이런저런 얘기를 나누고 서로에 대해 조금씩 알아간다면 그 어색함이 곧 든든함으로 바뀐다. 앞으로도 우리 셋의 여행은 쭉 이어질 것이다. 여행할 때마다 더 돈독해지고 더 단단해지리라 믿어 의심치 않는다.

"처형, 우리 다음에는 또 어디 갈까요?"

전기차 때문에,
전기차 덕분에

결혼이란 걸 생각할 때 '막연하다'고 얘기하는 사람들이 많다. 나 역시 그랬다. 일찍 결혼하고 싶었지만 말 그대로 막연한 생각이었다. 구체적으로 '이런 신부와 어떤 예식장에서 어느 날에 무슨 옷을 입고 어떻게 결혼해야지!'라는 생각은 태어나서 단 한 번도 해본 적이 없었다.

지금, 이 순간에도 이 글을 쓰면서 어떻게 내가 그런 행복하고 아름다운 결혼식을 올렸을까 하는 생각이 든다. 정말 믿기지 않는다. 내 경험을 비추어 볼 때 생각보다 실천이 훨씬 더 쉽다. 특히 결혼은!

우리는 여느 연인들과 다를 바 없는 연애를 했다. 같이 밥을 먹고 달달한 디저트와 함께 커피를 마셨다. 또 함께 여행도 다니면서 서로에 대해 차츰 알아가고 있었다. 물론 결혼도 구체적이진 않지만 막연하게나마 이야기하곤 했다.

항상 둘째 처형과 셋이 여행하다가 오랜만에 단둘이 제주도로 여행을 간 적이 있다. 우리는 여행 갈 때 서로의 맡은 담당이 있다. 숙소, 식당, 카페 등 다니면서 갈 곳은 주로 희경이가, 주차, 차량 렌트 등 차량에 관한 건 내가 알아보는 편이다. 제주도 여행계획을 짤 때도 마찬가지였다.

나는 제일 먼저 렌터카를 알아보기로 하고 여기저기 찾아보다가 자꾸만 전기차가 눈에 띄었다. 그래서 제주도 전기차 충전소를 찾아보니 예상보다 훨씬 많았다. 이 정도면 여행할 때 전기차를 이용하는 데 전혀 불편함이 없을 것 같았다. 그리고 우리가 예약한 호텔에도 충전소가 있다는 게 결정적인 이유였다.

궁금한 게 있으면 절대 못 참는 성격이라 전기차를 타고 싶었다. 희경이한테 배운 대로 최저가를 비교해 가장 저렴한 렌터카 회사를 찾았다. 마침 행사 기간이라 훨씬 저렴하게 빌릴 수 있었다. 렌트를 안 할 이유가 없으니 바로 예약!

부푼 마음을 안고 제주도로 향했다. 우리 부부는 제주도를 좋아한다. 신선하고 맛있는 음식과 드넓은 바다도 좋지만 그중 제일 좋은 이유는 차를 이용하면서 제주도 구석구석 다 찾아다닐 수 있기 때문이다. 제주공항에 도착해 렌터카 회사의 셔틀버스를 타고 차를 받으러 갔다.

차를 인수하고 시동을 건 순간, 우리는 놀랐다. 시동을 걸었는데도 차 안이 정말 조용한 게 아닌가. "와~ 전기차 좋다! 진짜 좋다!"를 수십 번 외치며 우리는 목적지를 향해 출발했다. 시작은 좋았다. 좋아하는 음악을 들으며 점심을 먹으러 식당에 도착했다. 메뉴를 고른 뒤 이후 일정들을 차근차근 정해 나갔다. 모든 순간이 행복했다. 식사를 마치고 우리는 카페를 투어하기로 했다.

하지만 곧 문제가 생겼다. 문제의 원인은 바로 전기차. 완충이 돼 있으면 안정적이지만 배터리가 조금씩 닳아 얼마 남지 않았을 때는 매우 불안했다. 갑자기 차가 도로 한복판에 설 수 있는 상황이었다.

그리고 이곳저곳 다녀야 하는데 조금이라도 먼 곳에 가게 되면 무조건 충전해야 한다는 점도 불편했다. 지금은 기술이 좋아져서 배터리 용량이 많이 커졌지만 그때만 하더라도 한 번 충전하는데 40분 정도 걸렸고 완충할 때까지 3시간 이상 기다려야 했다. 충전하면 내가 운전할 때 대략 100km 정도 갈 수 있었다.

엎친 데 덮친 격으로 우리가 예약한 숙소가 신축호텔이라 전기차 충전소 공사가 아직 진행 중이었다. 우리의 여행은 기존

계획에서 벗어나 전기차 충전소 중심으로 바뀌기 시작했다. 나중에는 충전소 근처에 있는 밥집, 카페를 찾아다니기 시작했다. 그러면서 계획이 조금씩 꼬이기 시작했고, 가고 싶었던 곳들도 가지 못했다. 모처럼 둘만의 여행인데 나 때문에 망치고 있는 느낌이었다. 너무 미안했다. 다행히 와이프는 그런 나를 너그럽게 이해해줬다. 이것도 하나의 추억이니 괜찮다고. 그래도 전기차는 두 번 다신 빌리지 말자고 당부했다.

한편 전기차에 고맙기도 하다. 결혼식장과 결혼 날짜를 정하게 된 게 모두 전기차 덕분이니까. 그때도 여행 중에 전기차 충전소를 찾아서 충전하고 있었다. 40분가량 희경이와 차에 앉아 이런저런 얘기를 하는 도중에 자연스럽게 결혼에 대한 서로의 생각을 공유할 수 있었다. 결혼식은 신부가 꽃이다. 이 생각은 절대 변함없다. 나는 희경이가 원하는 결혼식을 올리고 싶었다.

희경이 지인 중에 호텔에서 웨딩 관련 일을 하시는 분이 생각났다. 바로 전화를 걸어 자문을 구했다. 생각보다 쉽게 답을 주시고 또 많이 도와주겠다고 말씀해주셨다. 감사했다. 덕분에 우리는 전기차 안에서 식장도 정하고 동시에 날짜까지 정하게 됐다.

전기차를 충전하는 동안 우리는 정말 큰일을 해냈다.

전기차 때문에 우리의 짧은 여행을 망치긴 했어도,

전기차 덕분에 우리의 인생에 있어 가장 큰일을 무사히 이뤘다.

미녀와
야수

드디어 결혼식 날짜와 장소가 정해졌다. 이제 큰 산을 넘었다고 생각했는데 산 넘어 또 다른 산이 있었다. 사실 식장과 날짜를 정하는 건 아무것도 아니었다…….

결혼을 준비하면 반드시 필요한 게 몇 가지 있다. 그중 하나가 청첩장. 요즘에는 전문 업체에 맡기면 알아서 해주는 곳도 많고, 모바일 청첩장도 있어서 편하다. 하지만 우리는 소규모로 결혼하기로 해서 오시는 하객분들께 한 분 한 분 직접 청첩장을 전하기로 했다.

청첩장을 만들어야 하는데 도무지 좋은 생각이 떠오르지 않았다. 일반적인 청첩장은 싫고 그렇다고 화려하게 만들고 싶지도 않았다. 뭐가 좋을까 생각하던 찰나, 둘째 처형 아들인 제이가 "기방이 삼촌이랑 희경이 이모예요."라면서 그려준 그림이 생각났다. 그 그림을 청첩장에 넣으면 어떨까.

희경이한테 얘기하니 그녀 역시 좋다고 했다. 우리 둘 다 초록색을 좋아해서 하얀색 바탕에 제이가 그려준 그림을 초록색으로 넣기로 했다. 청첩장을 직접 만들어 보기로 하고 1차 샘플을 받았는데 마음에 쏙 들었다. 그야말로 완벽한 청첩장이었다. 우리는 1차 샘플을 그대로 사용하기로 했다. 디자인을 정했으니 이제 종이 재질과 안에 들어갈 글의 내용 그리고 글씨체와 배열 등을 정할 차례였다. 종이 재질 고르기는 쉬웠지만 내용과 글씨체 정하는 게 난관이었다. '뭐가 좋을까? 위트 있게 적고 싶은데……'라고 생각하던 찰나, 무언가 번뜩 생각났다.

'미녀와 야수'

결혼할 때 면도를 해야 하나 말아야 하나 고민하는 와중에 고맙게도 희경이가 먼저 수염 있는 게 좋다고 했다. 그렇게 나는 희경이 덕분에 수염이 있는 상태로 식장에 들어갈 수 있었다. 우리가 잘 아는 애니메이션 <미녀와 야수>에서 수염이 덥수룩한 야수는 주문에 걸린 사자니까 수염 난 신랑도 다들 귀엽게 봐주실 것 같았다.

제목이 정해지니 내용은 술술 나왔다. 그에 맞는 글씨체도 정하자 드디어 완성된 청첩장이 나왔다. 흠잡을 게 하나도 없었다. 봉투와 속지가 따로 있기 때문에 하나하나 정성스럽게 봉투에 담아 입구가 열리지 않게 스티커를 붙였다. 드디어 완성!

결혼식에 초대할 하객분들 이름을 적고 웬만하면 직접 만나서 드렸다. 처음부터 끝까지 우리가 정하고 만든 청첩장을, 우리가 존중하고 아끼는 사람들에게 손으로 직접 전했다. 기분이 남달랐다. 평생 잊지 못할지도……. 만드는 과정이 쉽지 않았기에 더더욱 뿌듯하고 기억에 오래 남을 것 같다.

청첩장은 쉽게 잊힐 수 있지만 애정을 더해 직접 만든다면
훗날 부부에게 행복한 선물이 될 수 있다.

김기방·김희경

웨지 힐의
반란

결혼을 준비하면 많은 예비부부가 힘들어한다. 힘든 것 중의 하나가 바로 웨딩촬영. 카메라 앞에서 웃으면서 포즈 잡는 게 생각보다 힘들다는 건 해본 사람만 안다. 카메라 앞에서 연기하는 직업을 가진 나조차 힘든데 익숙하지 않은 사람들은 얼마나 더 힘들까?

다행히 우리 둘 다 카메라가 어색하지 않았고 메인 촬영에 앞서 우리끼리 여행도 할 겸 재밌게 찍으려고 발리로 떠났다. 물론 이번에도 둘째 처형과 함께.

세미 웨딩촬영이라 거창한 드레스나 턱시도는 챙기지 않았다. 대신 나름의 컨셉을 정하고 그에 맞는 소품이나 의상들을 준비했다. 더위를 많이 타는 나는 항상 여름 나라에 가면 가벼운 차림의 옷들을 주로 챙기는 편인데 이번에는 신경을 좀 썼다. 캐주얼 느낌의 면 슈트에 어울릴만한 넥타이, 셔츠, 신발 등 과하지 않으면서 적당한 소품들도 함께 챙겼다.

　희경이도 수수한 느낌의 원피스와 컬러감 있는 원피스, 조화와 어울릴 만한 가방과 신발도 가져왔다. 촬영은 생각보다 간단했다. 모든 촬영은 휴대폰으로 찍었는데 둘째 처형이 워낙 센스 있게 찍어줘서 수월하게 진행됐다. 햇빛이 좋을 때 어울리는 옷을 입고 밖에 나가 둘이 손잡고 걸으면서 웃다가 카메라 한 번 바라봐주면 끝. 우리 셋의 호흡이 말 그대로 찰떡이었다. 함께 여행을 다닌 숱한 경험이 밑거름이 되어 때마침 싹을 틔우는 느낌이랄까.

　하루는 숙소에 소품을 두고 와서 처형이 가지러 간 적이 있었다. 우리는 기다리는 동안 휴대폰으로 영상을 찍기 시작했다. 희경이는 직접 제작한 새하얀 롱 드레스를 입고 튤립을 들고 있었다.

말로 표현하기 입 아플 정도로 예쁜 예비 신부였다.

　나는 희경이가 푸르른 잔디를 밟으며 자연스럽게 걸어오는 모습을 찍고 있었다. 그런데 갑자기 "엄마!" 하는 소리와 함께 사라지는 게 아닌가. 난 다친 줄 알고 놀라 급하게 뛰어갔다.

알고 보니 희경이가 다친 게 아니라 신고 있던 웨지 힐이 오래된 나머지 굽과 신발 본체가 분리된 것이다. 롱 드레스에 신발이 가려져 거의 보이지 않았기에 전혀 알 턱이 없었다. 평소에 높은 굽의 신발을 즐겨 신지 않아 집에 있는 오래된 웨지 힐을 급하게 가져온 게 화근이었다. 그야말로 웨지 힐의 예상치 못한 반란이었다.

꽃을 든 아름다운 여성이 새하얀 드레스를 입고 한껏 아름다운 자태를 뽐내며 넓은 잔디밭을 사뿐사뿐 걸어가며 화사하게 웃고 있다가 갑자기 한쪽 다리가 짧아진 것이다.

그녀 말로는 신발이 망가졌다는 생각은 전혀 못 하고 땅이 갑자기 꺼지는 줄 알았다고. 하하. 까치발로 떨어진 굽을 대신하며 아무렇지 않은 듯 무사히 촬영을 마쳤다. 지금도 이때 찍은 우리 사진이 SNS에 많이 돌고 있다고 하는데 그런 소리를 들을 때마다 괜스레 기분이 좋아진다.

웨딩촬영은 많은 예비부부가 어렵다고 생각하는 부분이다. 하지만 웨딩촬영이라는 이유로 반드시 턱시도와 드레스를 갖춰 입을 필요는 없지 않을까. 가까운 곳이라도 좋으니 사랑하는 그녀 혹은 그와 여행하면서 겸사겸사 촬영도 하고 재밌는 추억을 만들어보자.

완벽했던
결혼식

2017년 9월 30일 오후 5시. 서울에 있는 어느 호텔의 야외 수영장. 김기방과 김희경이 결혼을 한다. 이제부터 시작이다. 준비할 게 많았다. 아니, 생각보다 할 게 많았다. 희경이와 상의해 어렸을 때 문방구에서 뽑기 하듯 하나하나 신중하게 정했다. 우선 일명 '스드메'라고 불리는 스튜디오 촬영, 드레스, 헤어 메이크업부터.

스드메의 경우, 솔직히 예비 남편들은 크게 할 게 없다. 전적으로 예비 신부 곁에서 그녀가 원하는 대로 영혼을 담아 물심양면으로 도와주면 된다. 다행히 우리는 직업이 직업인지라 주변에 많은 분들이 도와줘서 스드메는 완벽하게 준비할 수 있었다.

드레스 투어를 돌 때도, 내 예복을 맞출 때도 우린 모든 걸 함께했다. 스튜디오 촬영을 할 드레스를 함께 고르면서 내가 입을 옷 스타일이나 색상도 맞춰서 정했다. 처음 드레스를 입고 나온 희경이 모습은 여전히 생생할 정도로 아름다웠다.

이제 예식장에 필요한 꽃장식과 음식, 모셔야 할 하객 명단

등 예식 날에 필요한 세부적인 것들을 정해야 했다. 우리는 특별하게 야외수영장에서 결혼하기로 했다. 우리 결혼을 전적으로 도와주신 호텔 웨딩파트에 일하시는 지인분이 적극 추천하셨다. 사실 결혼식을 위해 만들어진 장소는 아니지만 우리와 잘 어울린 것 같다는 게 이유였다. 당연히 거절할 필요 없는 좋은 제안이었다. 그렇게 우리의 결혼식 장소는 야외수영장으로 정해졌다.

우리는 주례 없이 결혼하기로 했다. 주례 없는 결혼식에서는 사회자가 제일 중요하다. 나는 주저 없이 인성이와 광수에게 부탁했다. 예전부터 내가 결혼한다면 사회를 부탁하고 싶은 친구들이었다. 그 둘 역시 흔쾌히 수락했다. 우리 연애를 처음부터 끝까지 다 알고 있는 친구들이었고 우리의 결혼을 누구보다 진심으로 축하해줄 수 있는 친구들이란 걸 알고 있기에.

축가 역시 고민하지 않았다. 한 친구에게 축가를 불러주길 부탁했다. 고맙게도 그 친구는 기쁜 마음으로 흔쾌히 하겠다고 말했다. 결혼식 날, 유일하게 축가를 부를 사람이었다. 오로지 한 사람에게 축가를 부탁한 이유는 축가를 불러주는 그 친구에 대한 예의라고 생각했다. 경수야, 고맙다.

결혼식에서는 보통 클래식 연주를 많이 하지만 우리는 기억에

남을 만한 특별한 결혼을 하고 싶었다. 문득 친한 동생이 유명한 DJ인데 그 동생이 음악을 틀어주면 재밌겠다는 생각이 들었다. 물론 희경이도 좋아했다. 바로 동생에게 전화해 우리 결혼식 때 음악을 틀어달라고 부탁했다. 고맙게도 바로 좋다는 답변을 받았다.

마지막으로 **성혼**선언과 축사는 양가 아버지께서 해주시기로 했다. 드디어 하객들 명단과 자리, 결혼식 음식과 음료 모두 정해졌다. DJ 부스가 있는 야외수영장에서의 결혼식이라니, 생각만 해도 설렜다. 우리의 결혼식은 별 탈 없이 하나씩 잘 준비되고 있었다.

D-1.

이제 모든 준비는 끝났다. 그런데 별안간 비 소식이 들렸다. 하필 결혼식 전날에 비가 오기 시작해서 결혼식 당일까지 온다는 것이다. 하늘이 무너지는 것만 같았다. 애써 평정심을 유지하면서 희경이를 달랬지만 정작 내 속은 바싹바싹 타들어 가고 있었다.

야외 결혼식은 날씨가 좋으면 상관없지만 비가 오거나 야외

에서 진행 못 할 문제가 생기면 하루 전에 취소하고 실내에서 예식을 진행해야 한다. 비용도 비용이지만 야외 결혼식 컨셉에 맞춘 모든 장식과 음식들은 바꾸지 못하고 그대로 진행해야 한다. 절망적이었다. 하루 종일 날씨 예보만 확인했다. 나와 희경이를 비롯한 결혼에 관계된 모든 사람들이 긴장하며 시간을 보냈다. 우리 결혼을 도와준 호텔 측 지인분도 감사하게도 최대한 취소 시간을 미뤄본다고 말씀해주셨다.

그렇게 밤 12시가 지나고 결혼식 당일이 됐다.

다행히 새벽에 비가 그쳤고 비 온 뒤라 오히려 하늘이 맑고 깨끗했다. 우리가 꿈꾸고 그리던 아주 푸르른 하늘이었다. 정말 감사했고 행복했다. 기분 좋게 결혼 준비를 하고 우리는 식장을 들어섰다.

생각했던 대로 조인성·이광수 두 콤비의 사회는 완벽했다. 그리고 우리만을 위해 엑소의 <For Life>을 영어 버전으로 불러준 경수의 진심이 고스란히 담긴 최고의 축가를 들을 수 있었다. DJ 동생이 틀어준 음악은 식장 내 어르신들도 들썩이실 정도로 신났다.

아버지 두 분의 성혼 선언과 축사 역시 좋았고 감사했다. 특히 장인어른께서 축사하는 도중 울컥하셨는데 그 모습을 보니 희경이에게 더 잘해줘야겠다는 생각이 들었다. 그 밖에 축하해주신 모든 분들 덕분에 너무나도 행복하고 아름다운 결혼을 할 수 있었다.

조촐하게 하려던 결혼식은 감사하게도 많은 분들의 관심과 축하를 받게 됐다. 소규모인 데다가 비공개로 진행했기 때문에 많은 분들을 모시지 못해 죄송했다. 이렇게 잘 살고 있는 모습을 보여드리면 조금이나마 이해해주시지 않을까.

문득 그런 생각이 들었다.

내가 아끼는 사람들과 즐겁게 뒤엉켜 사는 것 자체가
행복이지 않을까.

가자,
파리!

　희경이와 나는 2년 조금 넘게 연애하고 결혼에 골인했다. 하지만 결혼식이 끝나고 우리는 신혼여행을 바로 가지 못 했다. 연애할 때는 그렇게 바쁘지 않았는데 결혼하자마자 거짓말처럼 일이 많아졌다. 그녀에게 정말 미안했다. 오히려 희경이는 여유 있을 때 가자며 멋지게 이해해줬다. 덕분에 나는 조금이나마 편안한 마음으로 작품에 임할 수 있었다.

　그러다 문제 아닌 문제가 생겼다. 한 작품이 끝나고 연달아 작품을 하게 된 것이다. 또 그 작품이 끝나자마자 또 다른 프로그램의 진행까지 맡게 됐다. 그렇게 결혼하고 무려 일 년 정도가 지나가고 있었다. 일이 많아 감사하면서도 와이프를 향한 미안함은 끝도 없이 자라나 마음 한구석을 계속 찔렀다.

　보통 우리의 여행은 와이프가 먼저 운을 띄우고 거기에 맞춰 서로의 시간과 의견을 조율했다. 하지만 이번 신혼여행은 내가 먼저 말했다. 출연 중인 프로그램이 개편 때 종영한다는 소식을 듣자마자 "우리 이제 신혼여행 가자!"라고 말한 것이다.

그 후로 우리는 본격적으로 어디에 갈지 고민하기 시작했다. 여러 나라를 놓고 고민했는데 후보군에는 미국, 동남아, 호주, 유럽 등 고르기 벅찰 정도로 다양한 나라들이 있었다. 서점에서 여행 책도 찾아보고 인터넷 검색도 했지만 볼수록 더 헷갈렸다. '아…… 이러다가 또 일 년 지나가는 거 아니야? 안 되는데' 결단력이 필요한 순간이었다. 신혼여행이니까 낭만 있게 유럽에 가자.

정해졌다. 파리!

장소가 정해지니 다른 것들은 일사천리로 착착 진행됐다. 날짜를 정하고 비행기 티켓을 예약하고 숙소를 정했다. 그런데 열흘 정도의 일정이라 한 군데만 있는 게 내심 아쉬웠다.

우리는 기차를 타고 런던에 가보기로 했다. 일정은 짧게 1박 2일로 정했다. 시간이 많지 않아 알차게 계획을 짜야 했다. 바로 숙소를 예약하고 기차표도 예약했다. 함께 여행은 자주 다녀봤어도 신혼여행은 처음이라 계획을 짜는 과정에서 조차 마

음이 간질간질했다.

2018년 7월. 둘 다 따로 파리와 런던은 가봤지만 신혼여행으로 가는 파리와 런던은 얼굴에 스치는 바람마저도 다르게 느껴졌다. 함께 길을 걷다가 자동차나 자전거만 봐도 낭만적으로 보이고, 심지어 지하철역도 멋지게 보였다. 모든 것이 좋았다.

에펠탑이 보이는 분위기 좋은 레스토랑에서 맛있는 음식들과 함께 가볍게 와인을 즐겼다. 아침에는 향긋한 커피와 버터 향이 가득한 베이커리 카페 안 테라스에서 여유 있게 하루를 시작했다. 지하철을 이용해서 여기저기 다니면서 쇼핑도 하고 유명한 곳들도 많이 다녔다. 하루하루가 너무 짧고 아쉬울 뿐이었다.

파리가 익숙해질 때쯤 런던에 갔다. 가서 일박만 하고 파리로 다시 돌아오는 코스였다. 기차를 타고 가는 거라 생소했지만 멋있는 기차역에서 사진도 찍고 기차 안에서 또 다른 여행의 재미를 느꼈다. 무사히 도착한 런던은 파리와는 달랐다. 좀 더 활기차고 활발한 느낌이랄까. 도착하자마자 일정을 짧게 잡은 걸 후회했다. 시간이 아까우니 알차게 놀자!

맛있는 스테이크 집을 시작으로, 지어진 지 100년이 넘은 백화점까지. 정말 알차게, 바쁘게, 재밌게 돌아다녔다. 활기찬 런던 여행을 잘 마무리하고 다시 파리행 기차에 올라탔다. 이렇게 우리의 신혼여행은 계획한 대로 완벽하게 진행되고 있었다.

우리가 갔을 때의 유럽은 백야라서 밤 10시가 돼도 해가 지지 않았다. 그래서 늦은 시간에도 쉽게 잠을 이룰 수 없었다. 마침 숙소 앞에 테라스가 있는 분위기 좋은 레스토랑이 있었는데 지나갈 때마다 아쉽게도 만석이었다. 하루는 운 좋게 아주 좋은 앞자리가 비어있었다. 우리는 백야를 만끽하기 위해 그리고 얼마 남지 않은 파리 여행을 즐기기 위해 얼른 그 테라스 자리에 앉았다.

와인과 함께 부팔라 모차렐라 치즈 샐러드, 와이프가 좋아하는 감자튀김을 주문했다. 테이블 밑에 가방을 놓을 수 있는 의자가 있어서 그 위에 크로스백과 휴대폰을 올려놓았다. 백야의 파리를 만끽하고 있는 찰나, 무언가 쌩~ 하고 지나갔다. 순간 뒷골이 쎄했는데 옆에 지나가던 외국인과 눈이 마주쳤다. "쏘리…… 유어 셀폰……"

그 외국인의 표정을 아직도 잊지 못한다. 바로 눈치 채고 뛰어갔지만 눈앞에서 점점 멀어지는 폰도둑님……. 절대 잡을 수 없는 속도였다. 와이프는 허탈함을 감추지 못하고 돌아온 나를 괜찮다고 반겨줬다. 불행 중 다행인 건 다친 사람 하나 없고, 가방은 무사하다는 것. 오로지 휴대폰과 작별을 하게 됐다는 점만 빼고. 눈 뜨고 코 베인다는 말이 실감나는 하루였다.

우리는 폰도둑님 덕분에 서로에게 더 집중할 수 있는 시간을 보내게 돼서 좋았다고, 몇 번이나 위로 아닌 위로를 했다. 그렇게 다이내믹한 신혼여행을 마치고 한국으로 돌아왔다.

물론 당시에는 황당하고 어이없었지만 지금 생각하면 휴대폰 도난 사건 또한 또 하나의 추억이 됐다. 이제는 어느 나라, 어느 곳을 가더라도 귀중품을 악착같이 잘 챙긴다. 그리고 우리는 언젠가 다시 파리에 가고 싶다고 얘기한다.

가자, 파리!

술친구

　원래는 집에서 혼자 술 마시는 걸 좋아하지 않았다. 직접 술을 사서 냉장고에 넣어 본 적도 거의 없었다. 그렇다고 내가 술을 싫어하는 건 아니다. 술 자체를 즐기진 않지만 술자리를 좋아하고 곧잘 마신다. 좋아하는 사람들과 술 한잔 기울이면서 이런저런 사는 얘기를 하는 건 참 좋으니까. 보통 사람들이 집에서 영화나 TV를 보면서 맥주 한잔 마신다지만 나는 그저 '혼술'을 안 했을 뿐이다. 모두가 그런 건 아니지만 집에서 혼자 술 마시는 사람들을 보면 안 좋은 일이 있거나 힘들고 외로울 때 마시는 걸 자주 봤기 때문이다. 그래서일까. 나에게는 혼술이 어색하게만 느껴졌다.

　그리고 예전부터 힘든 일이 있을 때는 술을 찾지 않았다. 아마도 힘들 때 술을 마시면 기분이 좋아지기보다 오히려 힘들어지고 또다시 술을 찾게 되거나 주변 사람들에게 피해를 주는 광경을 많이 봐서 그런 것 같다. 반대로 좋은 일이 있을 때 좋은 사람들과 술자리를 가지면 그 기쁨이 배가 되고 좋은 기분이 더 오래간다는 걸 알았다. 나 역시 그랬다. 예를 들면 좋은 작품에 캐스팅됐을 때, 애인이 생겼을 때, 결혼 소식을 알릴 때 등 좋은 일들을 좋은 사람들과 나눌 때 술맛도 좋고 분위기도 훨씬 좋았다.

희경이와 결혼하고 나서 나에게 조금씩 변화가 찾아왔다. 우선 우리 집 냉장고에 여러 종류의 주류들이 채워지기 시작했다. 그러다 와인 냉장고를 구입하고 그 안에 와인을 채워 넣었다. 해외에 나가면 평소에 거들떠보지도 않던 주류코너 역시 자주 가게 됐다. 나에게 온 정말 큰 변화였다.

물론 사놓기만 하는 게 아니라 와이프와 '함께' 마신다. 혹은 집에서 '혼자' 영화나 TV를 볼 때 가볍게 맥주 한잔할 때도 있다. 다른 사람들이 보면 그게 뭐 대단한 일이냐고 할 수 있겠지만 나로서는 매우 놀라운 일이다. 20대 초반부터 술을 배우기 시작해서 결혼하기 전까지 집에서 혼자 술을 마셔본 일을 떠올리면 다섯 손가락 안에 뽑힐 정도니까.

이제는 집에서 혼자 술을 마시는 횟수를 세려면 다섯 손가락으론 턱없이 부족하다. 이유가 뭘까. 스스로 생각해보니 답은 쉽게 나왔다. 희경이와 결혼했으니까.

더할 나위 없이 행복하니까 나도 모르게 술을 마시게 되는 것이다. 또 다른 이유를 들자면 평생 함께할 소중한 술친구가 생겼기 때문이다. 일과를 마치고 집에 오면 환하게 웃어주는 아름다운 술친구가 있다. 혼자 마시더라도 옆에서 내 얘기를 들어주고 본인 얘기를 들려주는 그런 술친구.

이제는 집에서 혼자 술 마시는 게 전혀 어색하지 않다. 냉장고 안에 맥주가 떨어지면 자연스럽게 마트에서 여러 종류의 맥주를 사서 채워 놓는다. 맛있는 와인을 마시기 위해 서툴고 어설픈 요리 솜씨를 발휘해 파스타를 만들어 먹기도 한다.

예전에 SNS에 이런 글을 쓴 적이 있다. "결혼해서 좋은 수만 가지 이유 중 하나, 반주를 같이할 친구를 찾을 필요가 없다." 내 경험을 통해 진심으로 행복해서 적은 글이다. 많은 사람들이 나처럼 살면서 힘들고 어색했던 일들이 한순간에 편안하고 행복한 일들로 바뀌는 순간을 경험했으면 한다.

오늘은 무슨 음식에 어떤 술을 곁들여볼까.

엔딩크레딧

글을
마치며

신기하다. 내가 배우라는 게, 좋은 사람을 만나 결혼하고, 그 좋은 사람이 나를 많이 사랑해 주고, 그런 내가 우리의 경험을 바탕으로 책을 쓰고, 이제 마지막 장을 쓰고 있다는 것이.

아무것도 모를 때 우연한 기회로 카메라 앞에 서고, 어떻게 보면 쉽게 연기를 시작했다. 자연스럽게 쉬운 줄만 알았던 연기가 세상에서 제일 어렵다는 걸 깨달았다. 그리고 카메라 앞에 설 때 절대 그냥 서면 안 된다는 걸 또한 알았다. 배우는 막중한 책임감을 갖고 연기를 해야 한다는 것도 배웠다. 알아갈수록 답이 없는 어려운 직업이지만 그래도 다행히도 아직 나는 카메라 앞에 서는 게 재밌다. 대학도 나오지 않고 아르바이트로 전전긍긍하던 내가 지금은 스스로 가장 재밌어하는 일을 찾아서 하고 있다. 심지어 많은 분들이 알아봐 주시고 응원해주신다. 가장 신기한 건 나를 알아봐 주신 한 분과 결혼해서 행복하게 잘살고 있다는 점이다. 정말 신기하고 감사하다.

인생은 신기함의 연속이고, 행복함의 연속이다. 적어도 내 인생은 그렇다. 하지만 내가 행복하다는 건 하나도 신기하지 않다. 사람이 행복한 건 지극히 당연하기 때문이다. 우리 모두 행복할 수 있다. 스스로 행복을 찾아낼 수도 있지만 부모님을 통해 찾을 수도, 주위 사람들을 통해 찾을 수도, 사랑하는 사람 또는 싫어하는 사람을 통해서도 행복을 찾을 수 있다. 더 나아가 사람이 아닌 동물 또는 사물로도 충분히 행복은 찾을 수 있다. 그만큼 행복이란 건 어디에든 항상 자리하고 있다. 나는 운 좋게도 그 행복이란 것을 좀 일찍 찾았고 희경이를 만나 결혼하면서 점점 더 커지고 있을 뿐이다.

꼭 어떤 행동을 해야만 행복하다는 건 없다. 내가 뭘 할 때 제일 신나지? 뭘 먹을 때 제일 좋지? 그 신나고 좋아하는 것들을 내가 사랑하는 사람과 함께 하면 도대체 얼마나 더 신나고 재밌을까? 한번 해봐야지. 좋아하는 것은 살면서 자연스럽게 변한다. 그럼에도 불구하고 그 좋아하는 걸 행하면서 찾아오는 행복은 바뀌지 않는다. 그래서 좋아하는 게 바뀐다고 나의 행복함이 사라지는 건 아니라고 생각한다.

오늘도 희경이와 나는 빵과 커피로 하루를 시작한다. 순간순간이 행복하다. 하루에 몇 번씩 행복함을 느낀다. 지금은 내가 사랑하는 사람과 빵을 먹으며 커피를 마시는 이 시간, 이 공간이 참 좋다. 제법 북적북적한 빵집이지만 그런 분주한 분위기도 좋다. 앞으로도 나는 계속 행복할 예정이다. 물론 내가 사랑하는 사람들과 기쁜 일, 슬픈 일, 좋은 일, 나쁜 일 모두 적절하게 잘 나누면서 말이다.

내가 아는 모든 사람들, 나를 아는 모든 사람들.
이 모든 사람들이 행복했으면 좋겠습니다.

오늘도
우린 빵을
먹는다

초판 1쇄 발행	2019년 9월 27일
지은이	김기방
편집	조유안
디자인	린지
펴낸이	김상현, 김기용
인쇄 제본	창원문화사
펴낸 곳	필름(Feelm) 출판사
주소	서울시 마포구 서교동 447-9, 2층
전화	070 8810 6304
팩스	070 7614 8226
이메일	office@feelmgroup.com
등록번호	제 2019-000086호
등록일자	2016년 6월 13일
ISBN	979-11-88469-38-3

이 도서의 국립중앙도서관 출판예정도서목록(CIP)은 서지정보유통지원
시스템 홈페이지(http://seoji.nl.go.kr)와 국가자료종합목록 구축시스템
(http://kolis-net.nl.go.kr)에서 이용하실 수 있습니다.
(CIP제어번호 : CIP2019032074)

필름